培根随笔

[英] 弗兰西斯 · 培根◎著　金帆◎编译

海峡出版发行集团
THE STRAITS PUBLISHING & DISTRIBUTING GROUP
福建教育出版社

图书在版编目（CIP）数据

培根随笔/（英）弗兰西斯·培根著；金帆编译. —福州：福建教育出版社，2018.3（2020.11 重印）
（何捷主编）
ISBN 978-7-5334-8043-1

Ⅰ.①培… Ⅱ.①弗… ②金… Ⅲ.①随笔—作品集—英国—中世纪 Ⅳ.①I561.63

中国版本图书馆 CIP 数据核字（2018）第 022605 号

主编 何捷

Peigen Suibi

培根随笔

[英] 弗兰西斯·培根 著　　金帆 编译

出版发行	福建教育出版社 （福州市梦山路 27 号 邮编：350025 网址：www.fep.com.cn 编辑部电话：0591-83779650 发行部电话：0591-83721876 87115073 010-62027445）
出 版 人	江金辉
印　　刷	北京一鑫印务有限责任公司 （北京市顺义区北务镇政府西200米 邮编：101300）
开　　本	960 毫米×1280 毫米 1/32
印　　张	7.375
字　　数	145 千字
版　　次	2018 年 3 月第 1 版 2020 年 11 月第 2 次印刷
书　　号	ISBN 978-7-5334-8043-1
定　　价	30.00 元

总　序 | *FOREWORD*

人生那么短，有时间就读经典

每个人成年后，都有一个难以回避的遗憾——童年的时光那样珍贵，而我们却常常无端浪费。

在我看来，童年，就是阅读的大好时光。有一句心里话，与大家分享："儿时正是读书时。"你不得不承认，小时候拥有最自由的阅读时间。虽然说那些让人讨厌的作业整天形影不离缠着你，虽然说学习看起来还真的不是那样简单，但和未来要承担繁重工作的你相比，儿时的你，的确有大把大把的时间可以自由支配。儿时，还是最有精力的时候，只有等到你长大，或者像我一样到了中年，你才会知道什么叫做"牵绊"，什么叫做"分散"，什么叫做"心有余而力不足"。而等你感受到的时候，就是遗憾降临的时候。至今清楚地记得，相对于如今的我而言，小的时候我也曾精力充沛，而不能原谅的是，却看着时间大把大把地从我的生命中流逝。

最重要的是，儿时是最能琢磨出读书趣味的时候。因为小，所以你的无知也显得可爱，所以什么都值得你读一读。儿时的好学就是特质，似乎什么都值得你了解，什么对于你来说都是新鲜的。世界上的一切都在召唤你去探索，去改变。无疑，阅读是最佳的方式。阅读，最经济，最简单，最直接，最有效；不知道的，感兴趣的，都可以通过阅读来获取。

这样看来，读书是不二的选择，这点毋庸置疑了。只是要知道：小的时候读了多少？读了什么？怎么读？这些几乎决定了你未来怎么成长，长得好不好，长成什么样。接下来我们就说说“为什么要读经典”。

很多人对我的童年读书经历很感兴趣。他们从我的课堂上，从我出版的教学专著中，做了很多猜测：课上成这样，书出版得这么多，小的时候，他一定读过不少书吧。不然，怎么这样能写，如此能说？大家猜对了，我小的时候，书的确读得多。不过我读的更多的是大家瞧不上的“小人书”，一共好几个抽屉呢。请不要笑话哦，在我童年的那个年代，能够读几个抽屉小人书，一定是“家境优越”“家风正派”的。我的爸爸是党报的编辑，他非常重视我和姐姐的阅读，因此，他花了很多钱，为我们购买了这些小人书。这在当时，算得上是一种奢侈品。所以，我的童年过得是有滋有味的。记不清具体是哪一年，依稀是四年级吧，有一天妈妈下班回来，带给我几页金庸先生写的《射雕英雄传》的残页。所谓“残页”，就是工厂印刷失败后留下的废纸啦。妈妈在新华印刷厂工作，她为我捡回这些残页，并没有太多想法，只是丢给我，让我随便看看。没想到这一看，我就像着了魔似的，开始如饥似渴地读起金庸的武侠小说来，一本接着一本，根本停不下来，真正是到了可以不吃饭、不睡觉也要看的地步。读了如此有意思的书后，那些小人书就排不上队了。瞧，好的作品有曲折动人的情节，有活生生的有血有肉的人物，有精致诱人的细节，有让人沉醉其间的魅力。后来，小学时的每一个中午，我都是捧着厚厚的金庸小说睡着的。再后来，我还把自己的网名起为"语文老顽童"，你一定明白，这是深深地受到了经典武侠小说的影响。

阅读经典，就像用针在你的灵魂里纹绣美图。

中学时，书读得少了。到了师范学校，我全心全意地修炼教师基本功，读得也不够。做了老师，阅读的缺损就来惩罚我了。课设计得很单薄，言论没有内涵，很浅薄，一切都显得轻飘飘的。这个时候，依然是妈妈告诉我：别慌，可以用读书去改变。于是，在妈妈的鼓励下，我又一次开始阅读。真的有惊喜啊，小时候所有的阅读体验都在重新阅读时顺利复活了。阅读，其实就是一种记忆的唤醒，就是一种微火的吹燃。儿童时代所有的阅读，都构成了我们的阅读历史，构成了我们的生命，都成为我们不断成长的动力。儿时阅读，是至关重要的。

我还欣喜地发现：当老师爱上阅读，学生自然爱上阅读。

教师引导儿童阅读，绝非难事，但不要过于强调，大张旗鼓。一个老师爱读书，所带的班级学生自然也爱读书。所以，起初我主张自由阅读，并不做具体的推荐。孩子读得很随意，他们喜欢那些像"饮料"一样，乍一看很刺激的书。虽然读了，但读得不对，进步自然很慢，甚至言行还出现偏差。读什么书，对人的影响是巨大的。后来，我让他们更多关注经典这一类犹如“粮食”一样的书，情况一下得到了好转。什么是像“粮食”一样的经典呢？首先，这些书并不哗众取宠地讨好你，相反，也许你初读时并不感觉“好在哪里”，甚至还有些“读不懂”，或者是读了，有感觉了，但一切都是恬淡的、舒适的、自然的，只是的确有一种说不清楚的诱惑力，让你舍不得放下。之后，你再读，可能就会品出其中的滋味了。这种感觉让人难忘，简直说是无法磨灭。再后来，你也许会不断主动重复阅读，因为你的身体、心灵都在要求你再读一读，你已经和这些经典的书融合在一起了。经典，已经化为你的血液了。这如同粮食对人的给养，让你慢慢成长。在此之后的一生中，无论遇到什么样的情况，经逢各种各样的事，你的脑海中都会冒出一个形象，一个桥段，一个细节，它们都存活在经典中，都在冥冥中给你力量，给你帮助。这就是经典带来的力量。于是，你做出了一个很有意思的决定——把这本书推荐给身边最亲爱的人。

明白了吧，这就是我今天为什么向你推荐这套经典读物的原因了。我也是被经典打动、滋养的。我怎么能独享？当然要和你一起欣赏。

这套近百部的经典，已经不需要再次罗列书名了。对你来说，它们简直就像老朋友，真有一种“低头不见抬头见”的亲切感。但我相信，这一次你阅读它们，阅读这一套丛书，会有很多新的收获。我接下来和大家说说“如何读才好”。

经典，已经摆在我们面前，该怎么去读呢？答案很简单，三个字——慢慢读。

经典是最值得你花时间去品味，去琢磨，甚至多读几遍的。我敢保证，每一次阅读你都会有不同的发现。我希望，你可以不断进步，让阅读的层次不断提升，越读越会读。比如说，有的人读经典，只喜欢其中叙述的故事。的确，故事很精彩，但光是停留在故事，停留在内容，就等于你开采到了一块宝石，但是你却抚摸包裹在外的石衣，还没有看到真正璀璨的光芒。只读故事，损失了经典十分之九的色彩。有的孩子已经知道读经典是需要手到、眼到、口到、心到的，可以做些笔记、摘抄，做一些批注，还可以写一些随想、感受，等等。长期这样阅读经典，等于同时养成一个习惯，让自己的读写能力完成日积月累的增长。一段时间以后，你的语言也发生了变化，你的文章越发的漂亮，你看问题的角度也变得与众不同，这就叫“腹有诗书气自华”。记住，好习惯是需要日积月累的，坚持就是你永远应该保持的姿态。

必须说明，还有一种小孩非常特别。他们读书时善于思考。每次接触经典，他们都会去思考：到底这样的经典是怎么写成的呢？为什么这些故事会流传到今天呢？为什么至今还有那么多人喜欢呢？

带着探索的心，一边想，一边读，你将层层剥笋，如获至宝。每读一次都将增长读与写的功力，变得能读善写。比如说读了《水浒传》，你会发现每个好汉都有他的绰号，而绰号和好汉的特点是相关的，你开始琢磨作者是怎么去构思并写出这么多各具特色的人物呢，哪些细节让我们留下对人物深刻的印象呢。再比如说你发现《西游记》中有一个故事叫“三打白骨精”，《三国演义》中有个故事叫“三顾茅庐”，还有“三气周瑜”，《水浒传》中有“三打祝家庄”的故事。为什么都是“三”呢？是巧合吗？难道真是发生了三次吗？读得多了，你会发现这也许就是一种创作的手法吧。再往下读，你又会看到许许多多的作品中居然都有这个神秘的“三”的存在，慢慢地你就会用“三”的结构来写自己的故事。看，你不就又成长了吗？

阅读了这套书，接触过近百部经典之后，你会非常欢喜，因为收获满满，实实在在。这时候，我希望你把这些经典推荐给自己的小伙伴，或者，直接跟同伴讲这些经典故事吧。经典本身就需要被口耳相传，经典本身就可以通过一次又一次的接力传承下去。你甚至会发现，身边处处都是这些经典的影子。例如，有的经典被拍成电影，有的经典化为一个个细小的话题，有的值得进行专项的研究性学习、主题研究，等等。读经典，让整个人都变了。读经典的妙用就在于“陶冶性灵，变化气质”。

童年正在流逝，还等什么？赶紧读经典吧！

2017年10月

目 录 | *CONTENTS*

《培根随笔》导读方案

一、通过名著作品了解丰富的社会生活

文学作品反映了宏阔的历史画面，展现了丰富的社会生活。阅读名著作品，要注意把握作品的主要内容，了解作品所反映的社会生活。

1. 了解作品中所展现的社会生活

文学作品往往通过设置重要的情境以及典型事例来反映社会问题，揭示出相关的社会现象。阅读名著，要注意把握作品的主要内容，了解作品所反映出来的丰富的社会内容。

作品内容 ➤

培根是16、17世纪时期伟大的思想家，《培根随笔》并不是一蹴而就的作品，而是经过长时间的社会观察后得出的总结。书中对于当时皇权、宗教、门客、法律、战争、军队、贪污等问题均有着深刻的论述。那个时代资产阶级和封建贵族的政治斗争非常激烈，这一点也在《培根随笔》中表现出来。培根深刻的思想体现在对时代的思考，同时又是整个人类社会的一面镜子。

2. 体会作者文章中表现的深刻思想

文学作品在反映社会生活的同时也饱含了作者的思想和情感，体现出作者对社会生活的评价和态度。阅读名著时要注意把握文章的中心思想。

对于人性中的真善美的思考

书中很多篇章直接涉及到关于人性的思考。作者认为，人的本性是善的，并且全书的开篇就是《论真理》，探讨人们如何对待真理，如何追求真理。另外书中的美学思想也非常深刻，尽管作者并不是一位美学专家，但是后世的美学书籍常常引用培根关于美学的有关论述。

对于学术思想的思考

培根认为当时的学术传统是贫乏的，原因在于学术与经验脱节。他认为，科学必须遵循自然界事物的原因和规律，要达到这个目的，就必须以感官经验为依据。他主张科学理论与科学技术相结合，为此应先打破“偶像”观念，铲除各种偏见和幻想。他提出“真理是时间的女儿而不是权威的女儿”，这种思想对经验哲学进行了有力的抨击。

二、掌握议论文的各种技巧

用好议论方法是议论文成功的关键所在，学会从他人的文章中体会总结议论方法，对于写作议论文是非常有利的。阅读名著作品，要抓住文章的要点，深入分析作者的各种论证技巧，然后自己总结出一套行之有效的方法。

第一步：主要的论证方法

议论文有其主要的论证方法，抓住几个主要的论证方法，也就领会了一篇文章的大体思路。一篇文章的主要论证方法肯定是要跟论点相对应的。

引述名人名言和古代谚语格言 ➤ 作者有着丰富的学识，对于古代的贤明之士、有着丰功伟绩的帝王将军等都非常了解，写作时引用了大量的名人事例和经典言论，使得文章丰富多彩令人信服。

第二步：复杂的论证技巧

一篇好的议论文章只有一种论证方法是不够的，要想让文章的可读性提高，就要运用复杂的论证技巧润色文章。阅读名著的时候要能够发现作者的这些技巧，自己逐渐总结出来。

多种论证方法综合运用 ➤ 作者善于运用多种方法综合论证一个问题，或者对一个问题从多方面进行论证。很多文章在举事例的时候经常会加上几句理论论证，在引用名人名言的时候经常会使用对比论证，在提出论点的时候经常会运用作比较的方法。这种综合运用的丰富性使得文章论述更加明白易懂，并且使论述非常全面。

灵活运用各种论证技巧 ➤ 作者对于各种论证技巧非常熟悉，因此使用起来也非常灵活。这种灵活体现在技巧和文章的叙述结合得很好，让读者很难发现是作者在有意证明一件事，好像在读一篇美妙的散文。这得益于作者在恰当的地方使用恰当的技巧。最明显的就是作者运用作比较的方法的时候，所选事例不但非常合适，对于读者也是长见识的机会。

三、品味文学名著的语言

语言的成功是一部名著能够流传的重要原因，对于优美语言的把握和理解是阅读能力的一个重要体现。把握名著作品的语言可以感受作者个性化的语言特色，还可以体会作者深刻的思想和独到的感受。

语言凝练而又蕴含哲理

“读史使人明智，读诗使人聪慧，数学使人周密，科学使人深刻。”“把快乐告诉朋友，快乐就会加倍；把忧伤告诉朋友，忧伤就会减半。”这种凝练而又蕴含丰富的句子在书中非常普遍，也是这本书之所以成为名著的重要原因。

作品中强烈的思辨性语言风格

作者的每篇文章几乎都充满了思辨色彩，这种思辨色彩一部分是来源于作者本身的思考，表现在文章中就是一种语言风格。我们经常能够看到文章中辩证地讨论一个问题，深刻地分析一种人的心理，突破常规地为一件熟悉的事物下定义。

四、体会其他艺术特色

除了一些精妙的论证技巧和精彩的语言，作者的一些思维方式和性格品格等也能构成名著的艺术特色，这些艺术特色甚至有点石成金的作用。所以在把握以上特点的时候，还要注意体会其他的艺术特色。

理论结合实际

《培根随笔》中的大部分的篇章是讨论实际问题的，作者在讨论这些实际问题的时候并没有泛泛而谈，而是把自己丰富的人生经验和渊博的学识结合起来，使得论述更有指导意义，使得文章显示出理论结合实际的风格特色来。

本书在《培根随笔》原著基础上加以改编，以更适合青少年阅读。

阅读与写作能力提升要点

阅读能力提升要点	理解词语的深层含义
	体会关键语句的作用
	准确把握文章的内容
	深刻体会作者的思想情感
	感受作品的艺术特色
	对人物形象做出自己的评价
写作能力提升要点	扩大知识面，积累写作素材
	拓展思维，巧妙构思、立意
	勇于创新，充分发挥想象力
	巧用修辞，使语言生动形象
	准确描述，灵活运用表达方式
	感情真挚，真实表达思想情感

一、论真理

“真理算什么东西？”玩世不恭的犹太总督彼拉多[①]曾取笑说，他对这个问题是根本不期望得到回答的。世上还曾有一种毫无原则的人，[②]他们认为具有一种信念就等于戴上一种枷锁，会使思想和行为无法自行其是。这种怀疑论的哲学派别虽早已消亡，但持这种观点者却仍有人在——只是他们未必像古人那样坦率。

人们宁愿信任谎言，也不愿追随真理，其原因不仅由于探索真理是艰苦的，也不仅由于真理会约束人的想象，而更是由于谎言更能迎合人类某些恶劣的天性。希腊晚期的哲学家中有人[③]曾探讨过这个问题，他不懂，谬误中的什么东西，竟能吸引人不愿抛弃它。虽然谬误不像诗那样优美，又不像经商那样能使人致富。

注释：

①见《圣经·新约》，彼拉多是罗马委派的犹太国总督。传说他审讯耶稣，当耶稣说我来到世间是传播真理时，他问了这样一句话。

②指古希腊、罗马的怀疑主义哲学。

③指古希腊哲学家卢西恩（125~180）。

我也不懂这究竟是为什么——也许因为真理好像平凡的日光，在它的照耀下，人世间所上演的那种种化妆舞会，远不如在烛光下所显现的幻影那样华丽。真理犹如珍珠，它在日光下最澄澈。而并不像那种红玉或钻石，会在摇曳不定的烛光中幻出浮光。

似是而非的谎言令人愉快。假如一旦把人们心中那种自以为是自以为美的幻觉、虚妄的估计、武断的揣想都清除掉，就将使许多人看到他们的内心来——原来是多么的渺小、空虚、丑陋，以致连自己都要感到厌恶。难道有谁不相信这一点吗？

曾有人责备诗，诬之为“魔鬼的药酒”，[④]因为诗不仅出自幻想，而且其中又总有着虚幻的影子。但其实诗又怎能比谬误更为诱惑人呢？尤其有害的不仅是那种浮夸一时的谎言，而更是那种根深蒂固、盘踞人心深处的谬误。

但无论如何真理就是自身的尺度。它的教导是——要追求真理，要认识到真理，更要信赖真理，这是人性中的最高品德。在上帝创造世界的最初日子里，他首先创造的东西就是知觉之光，其次创造了理智之光，最后他又以良知的光明启示人类。上帝既把光明给予了混沌的物质世界，又以光明照亮了人类的心灵世界，并且至今他还在把圣光赐予他所恩选的臣民。有一派哲学在其他方面是肤浅的，但其中一位诗人[⑤]却曾说过一句十分高明的话，他

---

④此语源于柏拉图。柏拉图曾在《理想国》一书中批评诗歌迷惑人，后来中世纪经院哲学家中亦有人责备诗歌是“魔鬼之诱饵”“药酒”等。

⑤指伊壁鸠鲁派哲学家卢克莱修（公元前99~约公元前55）。

说:“站在高岸上遥看颠簸于大海中的航船是愉快的，站在堡垒中遥看激战中的战场也是愉快的，但是没有能比攀登于真理的高峰之上，然后俯视来路上的层层迷障、烟雾和曲折更愉快的了！”——只要能这样俯瞰世界的人们不自傲，那么这些话的确说得好极了！是啊，一个人如能在心中充满对人类的博爱，行为遵循崇高的道德律，永远围绕着真理的枢轴而转动，那么他虽在人间也就等于生活在天堂了。

以上谈了神学和哲学的真理，还要再谈谈实践的真理。甚至那些行为卑劣的人，也不能不承认光明正大是一种崇高的德性，而伪善正如假币，也许可以购取货物，但也贬低了事物的真正价值。这种欺诈的行为像蛇，不能用脚却只配用肚子走路。[⑥]没有一种罪恶比虚伪和背义更可耻了！所以蒙田[⑦]在研究谎言为何如此可憎时说得好:“深思一下吧！说谎者是这样的人，他在上帝面前是狂妄的，在凡人面前却很怯懦。”因为谎言是面对上帝却逃避凡人的。曾经有一个预言，说基督回到人间的时刻，就是在大地上找不到诚实者的时刻，因此谎言就是请求上帝来执行末日审判的钟声。对于虚伪和欺诈的人们，这乃是一个严正的警告啊！

---

⑥《圣经》中的故事，说蛇引诱亚当、夏娃犯罪。于是神诅咒蛇：“你必须用肚子行走，终生吃土。”

⑦蒙田（1533~1592），法国思想家，著有《散文集》。

·品读与欣赏·

真理是千百年来许许多多哲人共同探讨的话题。培根在开篇就论说真理，可见作者对于真理的重视程度，字里行间也显示出对于真理的热爱程度。与一般人认为的相反，作者认为真理并不掌握在多数人手中，而是掌握在那些敢于追求真理的人手中。正因为真理如此得之不易，才会有很多人被谬误吸引，所以作者才会从反面论证。

文章开篇提出问题：真理是什么？后文并没有直接回答，而是通过驳斥有些人宁可相信谬误也不相信真理的做法，来一步步说明真理的实质。并且指出了人们这样做的心理原因是自以为是自以为美的幻觉、虚妄的估计、武断的揣想。

·学习与借鉴·

1.严谨的论证方法：文章开头提出问题：真理是什么？为回答这个问题，作者首先驳斥不相信真理的行为；其次驳斥那些相信谬误的人，驳斥过程中分析人们为什么会追求谬误；然后表明自己的态度：追求真理是上帝赋予人们的品质；最后从实践层次说明真理的实质。全文有破有立，先破后立，结构清晰严谨。

2.巧妙的论证方法：作者善于用比喻来解释某种事物的实质，把真理比成日光和珍珠就是很好的例子。这种方法的关键是找出本体和喻体之间的共同性，而这种共同性不只是表面的一样，而且是内在的相似。

二、论死亡

成人怕死，就像小孩怕在黑暗中行走。种种鬼怪故事增加了孩子天生的恐惧，对死亡的渲染则增加了成人的恐惧。死亡是原罪的代价，是进入另一世界的必由之路。与其愚蠢而软弱地视死亡为恐怖，倒不如冷静地看待死。

诚然，将死亡看作尘世罪恶的赎还和通向天国的大道，这种信念是神圣而具有宗教意味的，而将死亡看作对大自然的献祭，因而对之畏惧却是怯懦的。但是，在那种宗教的沉思中，也未免掺杂有虚伪的迷信。在一些修道者的禁欲书籍中，可以读到这样的论调：试想一指受伤就何其痛苦！那么当死亡侵蚀人的全身时，其痛苦更不知大多少倍。实际上，真正的死亡痛苦倒未必会比一指的伤痛更重——因为人身上真正重要的器官，并非就是感受最灵敏的器官啊！所以，塞涅卡[①]（以一个智者和一个凡人的身份）讲的话是对的："随死而来的东西，比死亡本身更可怕。"这是指

①塞涅卡（约公元前4~65），罗马哲学家、悲剧作家、政治家。

死亡前的呻吟、将死时的痉挛、亲友的悲号、丧具与葬仪，如此种种都把死亡衬托得十分可怕。

然而，人类的感情并非真的如此软弱，以致不能抵御对死的恐怖。人心中有许多种感情，其强度足以战胜死亡——仇忾压倒死亡，爱情蔑视死亡，荣誉感使人献身死亡，巨大的哀痛使人扑向死亡。唯独怯懦软弱使人在还未死亡之前就先死了。在历史中我们曾看到，当奥托[②]大帝自杀后，他的臣仆们只是出自忠诚和同情（一种软弱的感情），而甘愿毅然为他殉身。塞涅卡认为满足和腻味也能置人于死命——“一个人会死于厌倦和无聊，尽管他既不英勇又不悲惨。”还有一点更应当指出，那就是，死亡征服不了伟大的灵魂。具有伟大灵魂的人，直到最后一刻，也绝不会失其本色。奥古斯都大帝直到死时还在怀念爱情：“永别了，丽维亚[③]，要牢记我们的过去。”提比留斯大帝根本不理会死亡的逼近，正如塔西佗[④]所说：“他虽然体力日衰，智慧却敏锐如初。”菲斯帕斯幽默地等待死亡降临，他静坐在椅子上说：“我就这样变成神吗？”卡尔巴之死来自不测，但他仍然勇敢地对那些行刺者说：“杀死我吧，如果这对罗马人民有益处！”结果他从容地引颈待戮。塞纳留斯直到临死前还在工作，他急切地说：“你们还需要我做点

②奥托、奥古斯都、提比留斯、菲斯帕斯、卡尔巴、塞纳留斯，均为古罗马皇帝及英雄人物。

③丽维亚（公元前58~29），古罗马皇后。

④塔西佗（55~120），古罗马历史学家，著作众多。

什么，快点拿来。”这种例子，多得不胜枚举。那些斯多葛派学者[⑤]们对于死亡却未免过于看重了。他们曾不厌其烦地讨论对死亡的准备，其实倒不如朱维诺[⑥]说得好：“死亡也是大自然赐给人的恩惠之一。”死亡与生命都是自然的产物，婴儿出世可能与死亡一样痛苦。在炽烈如火的激情中受伤的人，是感觉不到痛楚的。而一个坚定纯洁、有信念的心灵也不会为死亡而感到恐怖。人生最美好的挽歌无过于当你在一种有价值的事业中度过了一生后能够说："主啊，如今请让你的仆人离去。”死亡还具有一种作用，它能够消歇尘世的种种搅扰，打开赞美和名誉的大门——正是那些生前受到妒恨的人，死后却将为人类所敬仰！

·品读与欣赏·

死亡是人生必然的归宿。然而人们对于这一必然的归宿却总是躲躲闪闪，害怕承认自己会死，害怕想到死亡这件事。培根就从这个“人之常情”出发来探讨人类对死亡的惧怕。培根认为人之所以害怕死亡是害怕死亡的气氛和其他一些东西，而当人们真正直面死亡，看到死亡的本质的时候，自然就会克服这种恐惧心理。为此培根更深一步说，人们有些强烈的感情可以克服对死亡的恐惧，最后还指明了死亡的种种好处，让人读完这篇文章豁然开朗。

---

⑤斯多葛派哲学，古希腊哲学流派，约创立于公元前380年，主张禁欲、生活俭朴。

⑥朱维诺（约60~127），古罗马诗人。

·学习与借鉴·

1.巧用排比：在这篇文章中培根举了很多例子，这些例子集中体现在文章的最后一段中。作者运用了排比的修辞方法，把很多的事例一件一件排列起来，造成句式的连贯和语气的强势，这样可以增强文章的说服力，同时也使得文章更加具有文采。

2.恰当的论证方法：文章先写人们对于死亡的恐惧，并且说明人们为什么害怕死亡；其次从反面论证，说明死亡并不是痛苦的；然后论证人们有能力克服对死亡的恐惧，并举大量事例；最后说死亡不但不是可怕的还是值得欢迎的。一层比一层深入，论证说理十分清晰。

三、论复仇

复仇是一种原始的公道，人性中越容易长出这种野草，就越该用法律将它清除掉。因为当第一件错事发生时，只是触犯了法律，而错上加错的报复行为，却是对法律的漠视。

文章开头提出论点，复仇是一种原始的东西，而在当今社会应该用法律将它清除掉。【提出论点】

一个人在有怨报怨、有仇报仇时，只不过跟他的敌人打了个平手；而如果放人一马，就显得他高出一筹了，因为宽容是王者的风范。真的，所罗门[①]曾说过："以德报怨是一种光荣。"过去的已过去，无可挽回。聪明人不会再拿过去的事情折腾自己，枉费心力，因为现在和将来的事已经够他忙的了。

这世上并没有为作恶而作恶的人，他们无非是为了追名逐利、寻欢作乐或类似的东西。既然如此，为什么要因为一个人爱他自己胜过爱我而恼羞成怒呢？而且，就算有人出于邪恶的本性而作

①所罗门（公元前1000~公元前930），古代以色列国王。

比喻的修辞方法，用简单明显的事物比喻复杂深奥的事物，既增添了文采，又有利于说明道理。【比喻论证】

恶，也不过像那荆棘或石楠一样，它们刺人抓人，因为它们不会做别的事啊！

最可原谅的一种复仇，是为了报那些没有受到法律惩罚的仇。不过，复仇者要小心，自己的行为也得无法可依、逍遥法外才行，否则还是让仇敌占了上风，因为自己吃的亏跟他比起来是二比一。

有的人在复仇时乐于自报家门，这样做比较大度，因为看到敌人悔恨不迭，似乎比伤害本身痛快得多。但是，一些卑鄙小人的报复，却像是黑暗中放出的冷箭。佛罗伦萨大公科西莫[②]曾经毫不留情地指责背信弃义的朋友，认为这种错事是不可原谅的。他说："你可以读到基督的训诫，要饶恕我们的敌人；但你绝不会读到，要饶恕我们的朋友。"

引用名人名言不但可以增强文章的说服力，而且这种引用方法还代替作者叙述文章，一举两得。【引用论证】

比起来，约伯[③]的精神格调更高些，他说："我们不是乐于接受上帝的赐福，也甘愿承受他降临的灾难吗？"依此类推在朋友身上，也是一样。的确，一个人要是念念不忘他的仇恨，只会使自己本可以愈合的伤口永远鲜血淋淋。

报公仇者，多半还比较幸运，譬如为恺撒大帝、波尔提纳、法兰西亨利三世国王之死复仇，等等。报私仇者却不同，怀恨在

②科西莫（1519~1574），于 1537~1574 担任佛罗伦萨公爵。

③约伯，《圣经》中的人物。

心的人们不但谈不上幸运，且一生过着巫师般的生活，活着让人头痛，死了却也可怜。

·品读与欣赏·

仇恨是一种常见的心理反应，作者独辟蹊径从外在的法律角度来论述仇恨以及复仇。作者认为复仇有一定的合理性，但是那只是原始人解决问题的办法，现代人解决问题应该交由法律来裁定。虽然作者并不赞同复仇，但是作者并没有一概地反对复仇。作者认为有些复仇还是可以理解并且原谅的，比如那些不受法律制裁的或者为了国家民族的复仇。在复仇的方式上，作者也加以区分，认为光明正大的复仇要比暗箭伤人的好一些。但从根本上讲，作者认为复仇是愚蠢野蛮的行为。

作者从外在的法律制度论述复仇没有必要，而且并没有忘记解释复仇的心理原因。作者之所以从法律角度阐述，是因为作者所在的时代，正是一个从封建社会走向资本主义的时代，是各项法制逐渐健全的时代。

·学习与借鉴·

1.独特的论述角度：文章的论述角度独辟蹊径，与一般认为的论述复仇的文章截然不同，从而赋予了这篇文章独特性。作者没有直接论述复仇的心理根源，而是开门见山地说复仇这一行为应该让法律来扫除干净，然后才在后面接着论述复仇的心理原因和对治办法。这一点我们应该仔细体会学习，写作之前一定要找好文章的立论之处或者角度，尽量做到有新意。

2.善于引用：在文章中作者旁征博引，历史上有名的名人名言信手拈来，让这些人的话和自己文章的行文融为一体。这种方法增添了文章的文采，却要避免大量引用名人名言造成的累赘之感。

四、论逆境

提出全文论点，逆境更能彰显一个人的可贵品质。在提论点的时候引用名人名言，增强了说理的力度。【提出论点】

塞涅卡有一句高论，他学着斯多葛派哲学家们的口气说：“顺境带来的幸运固然可喜，逆境铸就的品质更令人折服。”

的确，如果说奇迹是对自然的超越，那么它们往往出现在逆境中。然而，跟这句话比起来，他的另一句话更加高深（对于一个异教徒来说太高深了点），他说：“集凡人的软弱与神明的镇定于一身，才是真正的伟大。”

这句话如果是一句诗就更好了，这些超验的东西与诗歌更接近些。事实上，诗人们一直乐此不疲，因为这就是古代诗人的奇幻故事中想表达的那个东西。这东西似乎不无神秘，更确切地说，有点接近一个基督徒的状态，例如大力士赫拉克勒斯[①]的故事。他坐在一个瓦盘里渡过汪洋大海，去解救被缚的普罗米修斯（人性

①赫拉克勒斯，希腊神话中最伟大的英雄。

的象征）。这故事栩栩如生地体现了基督徒的决心：以泥铸的身躯，乘一叶扁舟穿越世间的惊涛骇浪。

还是用平常人的话来说吧：顺境中的美德在于节制，逆境中的美德在于坚韧。从精神境界上看，后者更具有英雄般的气概。所以，《旧约》把顺境看作神的赐福，而《新约》却把逆境看作神的恩惠，因为逆境中承载了上帝更多的祝福，更清晰地昭示了神恩。

即使在《旧约》中，如果你聆听大卫[②]的竖琴声，也会听到哀伤的曲调与欢乐的颂歌一样多。而圣灵之笔在刻画受苦受难的约伯时，比记录幸运的所罗门时花的笔墨更多。顺境中并非没有各种远忧和近虑，逆境中也不乏各种安慰和希望。在编织和刺绣的作品中，我们发现，用阴沉的背景衬托一幅活泼俏丽的图案，比用轻快的背景衬托一幅阴沉忧郁的图案更加悦目。从悦目到赏心，依此类推，便可以得出何为赏心悦目。的确，美德就像名贵的薰香，被焚烧、碾碎时其香最浓。正如一帆风顺时最容易暴露一个人的丑恶，失意落魄时最能彰显一个人的美德。

把美德比作薰香，更加明白地说明了美德的内涵。【比喻论证】

②大卫，《圣经·旧约》中的著名人物，善于演奏竖琴。

·品读与欣赏·

顺境和逆境在作者看来都是必不可少的，但是二者相比起来，作者更欣赏逆境中缔造的可贵品质。通篇文章就是解释作者为什么喜欢这种在逆境中绽放出来的美丽花朵。作者围绕一个主题进行论证——英雄主义。作者认为在逆境中表现出来的坚韧更能显示出伟大的英雄主义，而顺境则能体现节制的美德。这其中，显然逆境中的英雄主义更加激动人心。

·学习与借鉴·

1.明晰的论证方向：作者在这篇文章从两方面论证了逆境的好处，一是从世俗的角度来论证；二是从宗教的角度，引用了《圣经》和一些圣徒说的话。这与作者当时的文化背景有很大关系。我们在平时的写作中，论证之前也要想好自己的论证方向，把握住几个大的方向，下笔的时候就不会东拉西扯。

2.巧妙地提出论点：这篇文章中作者的论点是通过引用别人的话来提出的，这也是一种巧妙的方法。这样做的好处是可以避免让文章显得武断，引用别人的话，尤其是名人名言还可以更有说服力，更权威，而且显得平顺自然，避免了生硬引用造成的突兀感。

五、论伪装与掩饰

掩饰不过是一种胆怯的策略。懂得何时该说真话，何时该办真事，是需要大智慧和大胸襟的。因此，只有次等的政治家才喜欢整天装腔作势。

塔西佗说："丽维亚集她丈夫的谋略和儿子的城府于一身，并且浑然天成。"她的丈夫奥古斯都大帝有着雄才大略，提比留斯则老谋深算。同样，当莫西努斯将军鼓励韦斯帕西恩皇帝攻打昏君维泰利阿斯时，曾说："我们现在起兵，面对的并不是明察秋毫的奥古斯都，也不是心思缜密的提比留斯。"

其实，谋略也好，城府也罢，这些品质只是习惯不同、才智有别，要加以区分而已。因为，如果一个人的洞察力到了可以明断什么事情该公开、什么事情该保密、什么事情应当半遮半掩以及因人因时而异（这就是塔西佗所谓的治国之方、处世之道），那么对他来说，这种藏头露尾的习惯就会成为他的一个弱点、一块绊脚石。不过，如果一个人不具备那种洞察力，他总是会不由自主地陷入一种遮遮掩掩、谎话连篇的境地。因为一般情况下，当一个人身处险境，没有什么选择或变通的可能时，还是采取最安全、最审慎的办法为好，就像看不清路的人会放轻放慢脚步一样。

当然，从来都是英雄豪杰们享有行事光明磊落、为人一言九鼎的美名。另一方面，他们就像驾驭得法的马儿，非常清楚什么时候该停、什么时候该转弯，而且，就算到了那个时候，当他们认为某件事确实需要遮掩，并且付诸行动时，也会显得神不知鬼不觉，因为他们诚实无欺的名声早已深入人心。

自我掩饰的手法有三种：一是秘而不宣，不让别人有机会看出或猜出他的为人；二是掩饰，当有些蛛丝马迹被遗落时，消极地随它去，好让人以为他就是这样，而不是那样；三是伪装，干脆以一张假面示人，堂而皇之、乐此不疲。

说起第一种，秘而不宣，它实在是听忏悔的牧师的美德。善于保守秘密的人肯定听了不少自白，因为谁愿意向一个多嘴多舌、守不住秘密的人袒露心扉呢？但是，如果一个人被认为是善于保守秘密的，就会招来别人的倾诉，就像密闭的空间最容易吸进外界的空气一样。而且，忏悔中的表白并不是为了世俗的利益，而是为了释放心中的郁积，人们大多乐于宣泄而不是分担别人的心事，因此，善于守秘的人会得知很多这类的事情。简而言之，秘密总是归于守秘者。

不过，说真的，暴露总是不太雅观的，无论是袒露心声还是裸露肉体，适度矜持的仪态举止往往更受人尊敬。至于那些饶舌的琐碎之徒，他们大多自以为是又容易轻信，因为，知道点事情就喋喋不休的人，同样也会对并不知情的事信口胡诌。因此，可以说守秘的习惯既是一种策略，也是一种美德。从这方面讲，一个人最好是喜怒不形于色，而让舌头去说话。一个人如果让自己的脸泄露了天机，揭了自己的底，这个弱点可真是要不得。因为比起一个人嘴上说的话，人们对他的神色可要留意、相信得多。

说起第二种，掩饰，它往往跟保密者如影随形。要保密就免不了遮遮掩掩，所以一个善于保守秘密的人必定多多少少是个会装糊涂的人。因为人都太聪明了，容不得有人不动声色地保持中立，又守了秘密，又不失平衡。人们会用各种问题引诱他、刺探他，将他团团包围，以至于他要是不想再一味沉默而显得怪诞，就不得不表示出一点倾向，否则，人们会从他的沉默中搜集出同样多的东西，就好像他自己说的一样。至于那些模棱两可、含含糊糊的说辞，是不会长久的。所以，一个人除非给自己留一点掩饰的余地，否则是不可能保守秘密的。这种掩饰，就像是秘密的遮羞布。

而说到第三种，伪装和假话，我以为要不是出于某种大义，偶尔为之，就太不应该或者太欠考虑了。作伪的习惯是一种恶习，它不是源于一种天生的虚伪或胆怯，就是因为有什么重大的心理缺陷，因为一个人如果在一处作伪，就会处处作伪，否则他的手段就荒废了。

伪装与掩饰的好处有三：一是让敌人沉睡，然后攻其不备。因为一个人的意图被公开时，就会变成一声警报，唤醒所有反对他的人；二是为自己留条不错的后路。因为说得太明白，就把自己绑牢了，他只能这样干下去，否则就会被打倒；三是更好地摸清别人的心思。因为对一个暴露心事的人，人们才不会去制止他，而是怂恿他一路说下去，他们宁可不图自己嘴上的快活，只在心里打主意。因此，西班牙有句谚语说得好："说一句谎话，套出一句真言。"似乎除了伪装，就没有别的发现实情的办法了。

公平而论，伪装和掩饰不妙之处也有三：一是伪装与掩饰总带了一种畏怯之气，这会折损了鸟儿的羽毛，使它不能展翅高飞、直达目标；二是让许多原本可以成为朋友的人心生困惑，犹豫不前，所以只好自己一个人一条道走到黑；三是最不妙的，它使人失去了为人处世的根本原则之一，就是信用与信任。最完美的性情与修养，就是既有真挚坦率的名声，又有保守秘密的习惯；既会不失时机地掩饰，又能在迫不得已时伪装，这也是一种能力。

·品读与欣赏·

一般人很讨厌掩饰和伪装的人，但这只是作为理论上的我们的喜好。在现实生活中，每个人都说过谎话，都伪装过一些东西。如果说掩饰是一种逃避，伪装就是公开造假了。所以作者在这篇文章中极力斥责伪装的人，但很多时候作者是把二者结合起来说的。

事实上，当我们在处理一件复杂的事情的时候，和平衡各方面利益关系或者保护自己打击敌人的时候，都需要我们掩饰和伪装，作者也认为为了"大义"进行的掩饰和伪装是合情合理的，但是何时掩饰或者伪装就成为了一项艺术。这项艺术的关键是人们的洞察力，能看透事态发展的内在，利用自己的智慧作出判断，然后不失时机地掩饰和伪装，当然这都是为了一个正义的目的。

·学习与借鉴·

1.深刻的语言：培根是伟大的思想家，他的文章以说理深刻见长。我们写一篇论说文章的时候，既要求有很强的说服力，又要求所说的道理要深刻。这篇文章给我们做了一个很好的示例。文章中有很多简洁富有哲理的话，读来让人深思，这得益于作者平时的思考和写文章时的逻辑推理。所以说要想写好文章，平时多读书，多思考，多观察是必不可少的，这些是写好文章的基本素质，有了这些才能谈到文章行文、布局等技巧问题。

2.条理清晰：文章在论述掩饰与伪装的概念之后，为了更进一步让读者明白掩饰和伪装的形式，作者分条论述，把它们常见的形式列了三条，每一条都自成一段。这样文章内容就很丰富，讨论抽象概念的时候就显得更具体形象。

六、论家庭

父母不会轻易表露他们的喜悦、忧伤和恐惧。喜则无须多言，忧则难以启齿。子女使他们的劳苦变甜，但也使他们的不幸更苦。子女增加了他们生活的负担，但却减轻了他们对于死亡的忧惧。

虽然动物也能传宗接代，绵绵不绝，但只有人类才能有荣誉、功德和持续不断的伟大工作。然而，为什么有的人没有留下后代却留下了流芳百世的功业？因为他们虽然未能复制一种肉体，却全力以赴地复制了一种精神。因此这种无后继的人其实倒是最关心思想传承的人。创业者对子女期望最大，因为在他们看来子女不但是族类的继承者，也是他们所创事业的一部分。

作为父母，特别是母亲，对子女常常会有不合理的偏爱。所罗门曾告诫人们："智慧之子使父亲欢乐，愚昧之子使母亲蒙羞。"[①]在家庭中，最大或最小的孩子都可能得到优遇。唯有居中的子女容易被忘却，但他们却往往是最有出息的。

---

①语出《旧约·箴言》第10章第1节。

在子女小时不应对他们过于苛吝，否则会使他们变得卑贱，甚至投机取巧，以致堕入下流，即使后来有了财富时也不会正当利用。聪明的父母对子女在管理上是严格的，而在用钱上则不妨略为宽松，这常常是会有好的效果的。

作为成年人，决不应在一家的兄弟之间挑动竞争，以致积隙成仇，使兄弟间直到成年，依然不和。

意大利风俗对子女和侄甥一视同仁，亲密无间。这是很可取的。因为这种风俗很合乎自然的血统关系。许多侄子不是更像他的一位叔、伯，而不像父亲吗？

在子女还小时，父母就应当考虑他们将来的职业方向并加以培养，因为这时他们最易塑造。但在这一点上要注意，并不是孩子小时候所喜欢的，就是他们终生所愿从事的。如果孩子确有某种超群的天才，那当然应该扶植发展。但就一般情况说，下面这句格言是很有用的："长期的训练会通过适应化难为易。"还应当注意，子女中得不到遗产继承权的幼子，常常会通过自身奋斗获得好的发展。而坐享其成者，却很少能成大业。

·品读与欣赏·

家庭问题是人类历史上的重大问题，它并不仅仅关系到几个人的小小的家庭，还涉及到人们最基本的生活方式问题。家庭是社会的细胞。所以如果一个人把家庭问题处理得很好，那么在社会上处理各种问题也不会很差。做大事之前先把小事做好。作者在这里讨论家庭问题主要集中在父母和子女的关系，而这种关系主要是一种教育和被教育的关系，因此文章主要探讨了子女教育问题，作者认为这是一个家庭头等重要的大事。

在对子女教育问题上作者有自己的看法，主要讨论了父母如何利用自己的爱，如何对待钱财问题，如何教育子女的才能。每个问题都有作者的真知灼见，而这都是从实际生活中得来，不同于一般的理论说教，渗透出作者的人生观察和人生思考，读完会得到很大的启发。

· 学习与借鉴 ·

1.文章主题深刻：这篇文章着重讨论子女的教育问题，但是读完文章感觉作者字句之间的目的性并不是很强，而是行文散淡，东拉西扯。但是回头一看，却是主题鲜明，中心突出。这是因为作者在大段论述中心问题的时候，用小段，有时是几句话岔开话题，让文章显得更丰富更有内涵，读者读起来也不会有压迫感。即使是岔开的话，也都是根据上下文的意思引申出来的。这一点值得同学们反复体会学习。

2.富有说服力的语言：我们知道很多增强文章说服力的方法，但是通过这篇文章我们了解到，理性睿智的语言是最能说服别人的武器。文章开头就用一串格言式的文字说出一个事理。这种语言给人的感觉就如同两人面对面谈话，对方是一个睿智高深的人，他所说的话对于一般人来说当然有很大的说服力。我们写文章不但要利用各种论述方法，还要锤炼语言，让读者在不知不觉中感受到论述的力量。

七、论婚姻

有家室之累者难成大业，只能听任命运的摆布，无论为善为恶均成不了气候，伴侣和子女将成为他行动的羁绊。

的确，最杰出的、对公众最有益的功绩，是出自那些独身或无后的人，因为他们已经与公众结婚，并奉上了自己的感情和财产。虽然，照理说那些有子女的人应该最关心未来，因为他们明知得将自己的至亲骨肉托付给未来。

“的确”二字用来过渡，这是常用的过渡词语，常常是上文说了一个抽象的理论，用“的确”过渡，下文接着解释上文的话。【用词准确】

但有些人虽然过着独身的生活，心思却只围着自己打转，认为未来无关紧要。还有些人把伴侣儿女仅仅看作是收费单、讨债鬼。更有甚者，有些愚蠢而又贪心的富人，竟以没有子女为自豪，以为这样他们就显得更富有了。大概因为他们听过一些闲话，比如有人说“某某是个大富翁”，另一人却反对说：“是倒是，可他一身的儿女债。”，似乎他的财产就缩水了。不过，最常见的独身的原因是为了自由，尤其是那些我行我素、任性惯了的人，他们

对任何一点约束都如此敏感，以至于快要将皮带和袜带也视为镣铐了。

独身的人可以作为最亲密的朋友、最开明的主人、最贴身的仆人，却不一定能作为最忠实的臣民，因为他们来去无牵无挂，逃起来方便，几乎所有亡命天涯的人都是这种情况。独身生活适合传教士们，因为如果爱心雨露先注满一口池塘，就很难再滋润大地了。法官和地方官员们倒无所谓，因为假如是个耳根软、易变质的官员，一个坏随从就抵得上五个妻子。至于军人，我发现将官们在激励战士时，常提醒他们想想自己的妻子儿女。我还觉得土耳其人不拿婚姻当回事，使得粗鲁的战士变得更加堕落。

的确，妻子儿女是对人性的一种磨炼。单身汉们，慷慨大方的多，因为他们花钱的地方少。但另一方面，他们也更加冷酷、铁石心肠（适合做严厉的审讯者），因为他们的慈爱之心没有经常被唤起。

通常，深情款款的丈夫们，都有着庄重的天性，并在传统的引导下变得更加忠贞不渝，就像为人称道的尤利西斯①，宁要老妻也不要长生。贞洁的女子往往骄横而固执，似乎指望着靠她们贞洁的美德过活。为人妻者，如果相信丈夫是聪明的，那么对他最好的管束，就是既贞洁又温顺；为人夫者，如果被发现是个醋坛

①据史诗记录，尤利西斯（或名奥德修斯）在从特洛伊返乡时被困于岛上，岛上的女神千方百计引诱他，但他抵抗住了诱惑，并回到故国的妻子身边。

子，他的妻子就再也不会对他既贞洁又温顺了。

妻子，是青年时代的情人，中年时的伴侣，老年时的护士。所以一个人只要愿意，任何时候都有结婚的理由。不过，对于一个人应该什么时候结婚的问题，有位智者这样回答：“年轻人还没到时候，年长者已没这个必要。”

青年、中年、老年三者并列，用排比修辞形象地概括了妻子的内涵。【排比修辞】

常见到一些三流的丈夫却有一流的妻子，真是奇怪得很，或许是这类丈夫难得一见的优点更显得弥足珍贵，又或许是这些妻子们以自己的忍耐力为荣。不过有一点是肯定的，如果这个坏丈夫是她不顾亲友们的劝告自己选的，那么就只能将错就错、苦中作乐了。

·品读与欣赏·

家庭和婚姻，上文论述家庭，这篇文章论述婚姻。这二者是人们生活中的大事，关系到人们的命运和未来，但是作者并没有单纯地从小我的角度谈，而是从社会责任的角度来谈，可以看出作者思想境界的层次之高。作者首先肯定了那种独身的能够成就大业的人，但是反过来并不能说独身的人一定能够成就大业。其次，作者批评了那种独身只是为了自己逍遥快活或者满足自己贪欲的人。然后，作者从家庭的角度论述了家庭对人的忠诚度的影响，认为有家庭的人忠诚度普遍比较高，这影响到了社会的方方面面，文中列举了军队的例子，很容易让人理解。之后文章又说了夫妻之间如何保持良好的关系，要保持夫妻之间的良好关系，需要两个人共同努力。最后作者谈了结婚的问题，何时结婚和谁结婚，在这两个问题上作者并没有一定意见，只是谈了自己的困惑和分析。

·学习与借鉴·

1.语言幽默：轻松幽默的文风会让文章看起来更有魅力。正如作者在这篇文章中表现出来的那样。作者在论述婚姻的时候，口气明显轻松很多，与其他文章相比，作者在讨论婚姻的很多问题上是一种幽默睿智的态度，这样会更加容易让人接受他的说法。因为婚姻问题不比其他问题，几乎每个人都有自己的看法，在这样的情况下不如轻松起来。我们写文章之前也要考虑一下读者，尤其是议论文章，要考虑读者的接受能力。

2.分析问题缜密：拥有分析问题的能力是非常可贵的。如果你觉得在头脑中分析问题有些思路不清的话，那么就写下思考的过程，回头一看，你会发现是一篇非常好的议论文章。培根在文章最后一段展现了他分析问题的能力，而且有隐隐的幽默在里面。面对自己不甚理解的事情，抓住一些可以确定的东西，推导其他不太确定的东西是一种基本推理方法。

八、论嫉妒

人有七情六欲，其中唯有爱情和嫉妒最令人心痴神迷。它们都带着强烈的欲望，使人身不由己地想入非非、捕风捉影。而且，都很容易走漏在眼神里，尤其是喜爱或嫉妒的对象出现在眼前时。如果真有蛊惑这回事的话，就是像它们这样来的。

同样，我们知道，《圣经》中将嫉妒称为“不祥的眼睛”，占星术士将星群中的坏分子叫做“凶象”。也就是说，人们似乎也承认，嫉妒能像恶毒的眼神一样射出去伤人。不但如此，还有人好奇地发现，嫉妒的眼神最能伤人的时候，往往是它的打击对象正春风得意的时候。这种得意就像一把尖刀挑起嫉妒，而这时受妒者正满腔热情溢于言表，正好可供打击。

不过，还是先放一放这些玄妙的话题（虽然在适当的时候也不无推敲的价值），让我们来看看什么人容易嫉妒他人，什么人容易被人嫉妒以及公众的嫉妒与私己的嫉妒有怎样的区别。

承上启下的一段，上文大概说了一下嫉妒的心理和人们对嫉妒的看法，这段文字提示下文所写的内容，使文章结构清晰。【承上启下】

无德之人总是在嫉妒他人的美德。因为人心要么从自己的优点中汲取养分，要么从他人的缺点中寻找慰藉。缺乏前一种，就得靠后一种过活。而那些无可救药、不可能练就他人那样美德的人，就会诋毁别人的美德，以求得平衡。

好打听、爱管闲事者，通常都好嫉妒。他们总是想知道别人更多的事情，还为此劳神费力、忙来忙去，并不是因为跟自己有什么关系，而是他在对别人的命运指指点点时，获得了某种看戏的乐趣。而埋头于自己事业的人，是不会去多事地嫉妒别人的。因为嫉妒是一种节外生枝的欲望，它总在大街上闲逛，而不肯待在家里，所以古人说：“好事之徒必定没安好心。”

> 拟人的修辞方法，把抽象的概念用拟人的方法写出，更有利于理解。【拟人修辞】

世袭贵族们，对新贵们的飞黄腾达是明显嫉妒的，因为彼此间的差距改变了。而且，就像是视觉上的一种错觉，当别人在前进时，就以为自己在后退。

残疾人、宦官、老人和私生子都好嫉妒。因为当他无法弥补自己的缺憾时，就会竭尽所能去破坏别人的完好。除非这种缺憾出现在一位伟大的具有英雄气魄的人身上，当他立志要将身体上的缺陷化为荣誉的一部分时。对此，人们不得不说，一个阉人或跛子立下了如此了不起的功勋，实现了光荣的奇迹，就像宦人纳西斯、跛子阿盖西劳斯和帖木儿[①]所做的那样。

同样，经历了各种磨难和不幸才熬出头的人也容易嫉妒。因为他们就像那些没熬出头的落伍者一样，把别人的不幸看作是对自己曾经的痛苦的一种补偿。

那些出于浅薄和虚荣心，处处争强好胜的人，是无时不嫉妒的。因为他绝不会缺少嫉妒的对象，在那些他想称雄的领域里，总有许多人会超过他。这就是罗马皇帝哈德良[②]的性格，他从骨子里嫉妒诗人、画家和手工艺人，因为他也有兴趣在这些领域一争高下。

列举事例的时候我们可以先把这个人的事情写出来，然后再把名字写出来，给人以出人意料的感觉。【事例论证】

最后是那些近亲、同事或一起长大的伙伴，当身边的同辈超过他时，更容易产生嫉妒。因为，这等于在说他自己命运不济，让他久久不能释怀。而且，这种平辈间的升迁变化会更多地引起旁人的注意，议论纷纷，使他的妒意更浓。该隐嫉妒弟弟亚伯，因为献祭时他的供品更受上帝赏识，虽然并没有旁人看到。[③]他对兄弟的妒恨比对别人更狠、更毒。关于易嫉妒者的话题就谈到这里。

---

①纳西斯（472~568），东罗马帝国的名将。阿盖西劳斯（公元前444~公元前360），古希腊斯巴达国王。帖木儿（1336~1405），别名“跛足帖木儿”，创立帖木儿帝国，曾征服中亚。

②哈德良（76~138），罗马皇帝，筑有哈德良长城。

③据《圣经》记录，亚当、夏娃有二子，该隐为长子，负责种地；次子亚伯，负责牧羊。二人将劳动所得献给上帝，上帝悦纳亚伯的献礼使该隐生了嫉妒，便把弟弟杀了。

再来看看什么人少受人嫉妒、什么人多受人嫉妒。首先，品德高尚的人在取得成就时少有人嫉妒。因为他们的幸运似乎是理所当然的，人们会嫉妒额外的奖金和施舍，却不会去嫉妒别人收回的债款。其次，嫉妒总是跟攀比联系在一起的，没有攀比，就没有嫉妒。因此，除了国王自己，没人会嫉妒国王。不过，值得注意的是，无名小卒在刚发迹时最受人嫉妒，然后会渐渐好起来。而相反，功成名就的人在幸运持续太久时最受人嫉妒，因为到那时候，虽然他的美德依旧，光彩却已不如从前，后起之秀已将他比了下去。

"首先"和"其次"并不是老套的话，我们为了使议论条理更加清晰，"首先"和"其次"还是首选的词汇。只是我们使用的时候要避免给人生硬的感觉。【条理清晰】

贵族在升迁时少有人嫉妒，似乎那是他们生来应得的。而且，这种升迁似乎使他们的财富增加无几。嫉妒就像一束阳光，照在堤岸或陡然升起的坡面比照在平地上更热。同样的道理，那些一步步上升的人，比突然飞黄腾达、平步青云者少受人嫉妒。

那些伴随着巨大的付出、重重的忧患、历经风险得来的荣誉，是不大会受人嫉妒的。因为人们觉得他们的荣誉来之不易，有时甚至会可怜他们，而怜悯之情永远是治疗嫉妒的一味良药。因此我们发现，那些老谋深算的政客们，在他们位高权重的时候，总是在哀叹自己生活的不如意，哼哼着"瞧我遭了多大的罪！"他们并不是感觉如此，只不过为

短短的一段话中，有论点，有论证，有论据，而这三者结合得流畅平顺，读来一气呵成，值得我们学习。【语言凝练】

了磨钝他人嫉妒的锋芒而已。不过，人们体谅的是一个人不得不承担的义务，可不是他自找的麻烦，因为没有比野心勃勃、独揽大权更招人嫉妒的。而一个位高权重的人，要熄灭他人嫉妒之火的最好办法，就是让其他的下级官员都拥有充分的权力和显赫的地位，这样在他和嫉妒之间就多了很多道挡风的屏障。

最招人嫉妒的，是那些趾高气扬、目空一切的人，他们摆出一副富贵逼人的样子，不是靠排场对外炫耀，就是靠气焰压倒一切对手和竞争者，总之一刻不显示自己多了不起，他们就不得安宁。而聪明人却宁愿对嫉妒者做点让步，有时在对自己无关紧要的事上故意任人刁难，让别人也占占上风。不过说真的，为富者与其惺惺作态地耍心眼，不如以一种淡然、坦率的态度对待他们的财富，不骄不躁，才会更少人嫉妒。否则只会表明他不敢公开承认自己的财富，似乎自己也意识到自己的底气不足，不配拥有这种富贵。这简直就是在教唆人家来嫉妒自己。

最后总结一下这个部分。就像我们一开始说的，嫉妒有点巫蛊的味道，所以治疗嫉妒只能像对付巫蛊之术一样，也就是将"霉邪之气"（他们这么叫它）转移到别人头上。出于这个目的，有些更聪明的大人物总是让别人去抛头露面，有时是他的下属、仆从，有时是同事、伙伴等等，使原本会降临到自己身上的嫉妒冲他们去了。愿意做替罪羊的大有人在，那些雄心勃勃又头脑发热的人会不惜代价地接受这个差事，以为这样他们就有了权力和管事的机会。

现在来谈谈公众的嫉妒。如果说私愤有百害而无一利，那么公妒还是有一些益处的。因为公妒，譬如古希腊的贝壳放逐法[④]，可以让位高权重、一手遮天的人突然失势，它就像勒马的笼头一样，让大人物们也有所收敛。

这种嫉妒，在拉丁语中叫做“invidia”，相当于现代英语中所说的“不满”或“不平”(discontentment)，有关内容我将在《论叛乱》一文中谈及。嫉妒是一种病，一种传染病，会殃及一个国家。就像传染病能向健康者扩散，使他们受到感染一样，嫉妒一旦侵入一个国家的肌体，就会谣言四起，即使最正当的国家也会被弄得臭名远扬。而且，就算如何笼络人心也没有用，因为这样做只不过说明了政府软弱无能、害怕公愤。这就像传染病通常的情况一样，你越害怕它，它越要来找你。这种公妒的攻击对象，似乎主要是那些高官重臣，而不是国王或国家本身。不过，还有一条铁的规律就是，如果针对某位大臣的公妒过于强烈，而他本人并没有什么过失，或者公妒已经推而广之，波及到一个国家的所有官员，那么，这种嫉妒的矛头(虽然是隐蔽的)无疑是指向国家本身的。关于公妒或不平，及其与私妒的区别就谈到这里，至于私妒的内容前文已有论及。

把嫉妒比作传染病，生动形象地揭示出嫉妒的内涵。【比喻论证】

④贝壳放逐法，古希腊人用投票的方法，将公众认为的危险人物或不受欢迎者写在贝壳或陶片上，票数过半者将被放逐国外5年或10年。

最后再就嫉妒这种情感泛泛地说上几句：跟其他所有的情感比起来，嫉妒是最纠缠不清的，因为其他的情感不过偶尔发生。所以古人说得好："嫉妒从不放假。"因为它不是在东家作怪，就是在西家添乱。而且，世人还注意到，爱情和嫉妒真的会使人憔悴，而其他情感不会，因为它们不够持久。嫉妒还是一种最邪恶、最堕落的情感，因此也是魔鬼的本性，这个魔鬼就是那个在《圣经》中被称作"趁着黑夜在麦田里撒播稗子的嫉妒者"。这种事情总是这样：嫉妒者在黑暗中鬼鬼祟祟，想要破坏人家的好事，就像在麦地里搞破坏一样。

文章最后总结全文，这样通过全篇的论述，让论点在文章最后更有说服的力量。【总结全文】

·品读与欣赏·

人们普遍认为嫉妒是人类各种情感中最坏的情感。原因就是嫉妒直接的目的是将被嫉妒的对象置于死地，或者某种悲惨的境地。文章中也指明嫉妒是一种狠毒的心理。除此之外作者还把嫉妒和爱情进行了对比，认为嫉妒和爱情同样可以让人的智慧受到影响，因为这两种感情都能够持续很长时间，而别的感情则短时间内就会过去。

作者更进一步地指出了公愤背后的心理原因就是嫉妒。与一般探讨嫉妒的文章相比，这篇文章还探讨了被嫉妒的人，指出那些幸运的人应该避免被别人嫉妒，而不是在人前显耀故意惹人嫉妒。

·学习与借鉴·

1.条理清晰：如果我们要写一篇逻辑性很强的文章，那么文章的条理便是首先需要考虑的问题。在论述一个复杂问题的时候，在文章中表现出条理有助于读者更好地理解文章的内容。作者在这篇文章中就把以后要写的单独一段列出来，然后论述到一定程度还会总结一下上文的内容，使得文章前后呼应，条理清晰。

2.结构安排恰当：论点的提出不一定在文章的开头，它可以在文章的任何位置，这需要依论点的特点而定。如果放在开头，则读者很明白这篇文章要说什么，读后面的时候会结合文章考虑论点正确与否；如果放在文章中间，则一般是夹叙夹议的形式，营造散文的效果；如果放在最后，则能增加文章的说服力。

九、论爱情

舞台上的爱情比生活中的爱情更有观赏性。因为在舞台上爱情既是喜剧也是悲剧的素材，而在人生中，爱情常常招致不幸。它有时像那位诱惑人的魔女[①]，有时又像那位复仇的女神[②]。你可以看到，一切真正伟大的人物（无论是古人、今人，只要是其英名永铭于人类记忆中的），没有一个是因爱情而发狂的人。这说明伟大的精神和伟大的事业可以摒除过度的激情。然而罗马的安东尼和克劳底亚是例外。[③]前者本性就好色荒淫，然而后者却是一个严肃明哲的人。这说明爱情不仅会占领没有城府的胸怀，有时也能闯入壁垒森严的心灵——假如守御不严的话。埃辟克拉

虽然二人都坠入爱河，但是两个相反的事例，作者通过这两个例子引出自己的结论——无论什么人，稍有不慎就会被爱情控制。【事例论证】

①古希腊神话，传说地中海有魔女，歌喉动听，诱使过往船只陷入险境。

②原文为“Furies”，传说中的地狱之神。

③安东尼，恺撒部将，约生于公元前83年。后因迷恋女色而战败被杀。克劳底亚，古罗马执政官，约生于公元前5世纪，亦因好色而被杀。

斯[④]曾说过："人生不过是一座大舞台。"似乎一个本该思考天意、追求高尚目标的人，却一事不做而只拜倒在一个小小的偶像面前，成为自己感官的奴隶——虽然还不是口腹之欲的奴隶（那简直与禽兽无异了），也是娱目色相的奴隶。而上帝赐人以眼睛本来是有更高尚的用途的。

过度的爱情，必然会夸大对象的性质和价值。例如，只有在爱情中，才总是需要那种浮夸谄媚的辞令。而在其他场合，同样的辞令只能招人耻笑。古人有一句名言："最大的奉承，人总是留给自己。"——只有对情人的奉承例外。因为甚至最骄傲的人，也甘愿在情人面前自轻自贱。所以古人说得好："人在爱情中不会聪明。"情人的这种弱点不仅在外人眼中是明显的，就是在被爱者的眼中也会很明显——除非两个人相爱。所以，爱情的代价就是如此，不能得到回爱，就会得到一种深藏于心的轻蔑，这是一条永恒的定律。由此可见，人们应当十分警惕这种感情，因为它不但会使人丧失其他，而且可以使人丧失自己本身。

引用名人名言之后对名人名言进行补充，这样可以让文章显得更具有理论性和说服力。【引用论证】

至于其他方面的损失，古诗人荷马早就告诉过我们，追求海伦的巴立斯王子竟拒绝了天后朱诺（财富女神）和密纳发（智慧

④埃辟克拉斯（公元前342~公元前270），古罗马哲学家。

女神）的礼物。⑤这就是说，溺身于情的人，是甘愿放弃财富和智慧的。当人心最软弱的时候，也就是当人春风得意、忘乎所以或处境窘困孤独凄零的时候，爱情最容易入侵，虽然在后一情境中不易得到爱情。人在这样的时候最急于跳入爱情的火焰中。由此可见，“爱情”实在是“愚蠢”的儿子。但有一些人，即使心中有了爱，仍能约束它，使它不妨碍重大的事业。因为爱情一旦干扰事业，就会阻碍人坚定地奔向既定的目标。

我不懂是什么缘故，使许多军人更容易坠入情网，也许这正像他们嗜爱饮酒一样，是因为危险的生活需要欢乐的补偿。

人心中可能潜伏有一种博爱倾向，若不集中于某个专一的对象，就必然施之于更广泛的大众，使他成为仁善的人，像有的僧侣那样。夫妻的爱，使人类繁衍。朋友的爱，致人以完善。但那荒淫纵欲的爱，却只会使人堕落毁灭！

引申文章的议论，把个人的情爱引申到对于大众的博爱之上，并指出这种爱在人们心中是一种潜伏的状态。【意蕴深刻】

·品读与欣赏·

每个人都想得到完美的爱情，于是我们不辞辛苦寻找身边的爱

⑤古希腊神话，传说天后朱诺、智慧之神密纳发和美神维纳斯，为争夺金苹果，请特洛伊王子评判。三神各许一愿，密纳发许以智慧，维纳斯许以美女海伦，天后许以财富。结果王子把金苹果给了维纳斯。

情，然而找遍万水千山之后，却可能发现并没有那种完美的爱情，结果人生落得一场虚空。有时找到一个认为是可以托付一生的人之后，奋不顾身地为对方献出一切乃至生命，结果发现对方并不爱自己。究其原因，我们都渴望从爱和被爱之中得到对于自我的认同。作者在这篇文章中分析得很明白，爱情可以使人丧失自己，我们原来一直在抱薪救火。

从文章中我们可以看出作者对于爱情并不持赞成态度，他认为爱情可以让人们的头脑发昏，影响智慧的判断和果断的行动。但是作者并不反对夫妻和兄弟之间的爱，而且非常欣赏那种为了全人类的大爱，只是对那种放纵荒淫出于欲望的爱持反对态度。

·学习与借鉴·

1.开头巧妙：有些文章之所以能够吸引我们从开始读到最后，是因为这些文章的开头就吸引了我们。作为一篇议论文章，开头做到吸引人的方法之一就是写一些常见的现象，从现象入手，以免上来就是枯燥的理论，跟读者产生距离。本文作者就从舞台上的爱情和实际的爱情对比开始，又说了两位曾经坠入爱河的伟人，娓娓道来，深入浅出，文章最后得出结论，读者读完没有枯燥之感。

2.主题深刻：一篇文章要有一个大的主题，我们写这样一篇文章，就是要表现或者论证这个主题。为了让我们的文章更加丰富，含义更加深刻，我们有时候需要引申一下主题。例如文章中作者最后把自我的爱引申到大爱、博爱。需要注意的是这种引申不可以偏离主题。

十、论权位

身处高位的人是三重奴仆：君主或国家的奴仆、名声的奴仆、事业的奴仆。所以他们是没有自由的，既没有人身自由，也没有行动或时间上的自由。

这真是一种莫名其妙的欲望：为了追求权力而不惜失去自由，为了追求凌驾于他人的权力而不惜失去掌控自己的能力。通向高位之路是艰难的，人们吃尽了苦头往上爬，爬到一个要吃更多苦头的位置。有时还得使些下三滥的手段，靠出卖人格的尊严来换取地位的尊严。

这种尊严是靠不住的，其下场不是垮台就是没落，这真是件可悲的事，昨日风光不再，何以度残年。不但如此，人们想退退不了，该退时又不肯退，即使又老又病需要隐退时，仍然不甘寂寞，就像城里的老头儿一样，非得坐在当街的门口，虽然这样做只会让人看不起老年人的百无聊赖。

的确，大人物们需要从别人的议论中发现自己是幸福的，因为如果凭他们自己的感觉判断，是没有什么幸福可言的。不过，一想到别人眼中的自己，别人多么渴望拥有自己这样的荣华富贵，他们就会变得像传闻中一样快乐，虽然这时他们内心深处的感觉也许正好相反。因为他们是最先发现自己可悲的人，虽然也是最后发现自己过失的人。大人物们无疑是自己的陌生人。他们身陷凡俗事务的迷宫，没有时间照顾自己的健康，无论是身体上的还是心灵上的。一个人如果死时谁都认识他，他却不认识自己，那就太可悲了。

在位者有行善或作恶的权利。但作恶是要遭天谴的，所以最好不要动歪念头，也不要染指恶行。行善才是一种正当的权利，它顺应天意，是人所憧憬的。不过，对于世人来说，善心（虽然都会受到上帝赏识）如果不能付诸行动，就不过是好梦一场。而要推行善举，是离不开权力和地位赋予的有利条件和权威的。

功成名就是一个人追求的目标，而意识到自己已经功成名就的人也就可以休息了。因为一个人如果能够参演上帝的戏剧，那么同样，他也能够分享上帝的安息。“上帝转过身来看他亲手的创造，一切都很好。”于是，就到了安息日。[1]

为官者，应该在前方树立最优秀的榜样，因为模仿就是在接受前人的言传身教。一段时间以后，再将自己的行为摆在面前，

---

①安息日（Sabbath），《旧约·创世记》中说，上帝造物的第七天，天地万物都造齐了，他就将这一天定为安息日。犹太教徒的安息日为星期六，基督教徒为星期日。

仔细检查是进步还是退步了。也不要忽视那些劣迹斑斑的前任，不是为了抬高自己而指责他们，而是为了使自己不重蹈覆辙。因此，改革者并不是要否定历史、诋毁前人，而是自己心中有数，并为后人树立起开创性的良好先例，使他们有法可依。

对事情要追本溯源，观察它们是如何由盛到衰的。不过得兼顾不同的时代，即过去什么是最好的，现在什么是最合适的。力求使你的行为有规律，使别人能预先知道他们可以期待些什么。

只是，别太霸道、强词夺理。当你的行为与自己制订的规则不符时，应该心平气和地解释清楚。

维护自己的权利，但不要纠缠于权限的问题。静悄悄地享有实权，强过吵吵闹闹地争名分。同时，要维护下属们的权利。领导者应以运筹帷幄为荣，而不是事必躬亲、一个人忙活。凡有利于履行自己职责的意见、建议都应该欢迎，并主动邀请人们献计献策。对通风报信者要客气，以礼相待，别把他们当作搬弄是非者而拒之门外。为官者有四大恶习：拖沓、腐败、粗暴和耳根软。要克服拖沓的恶习，就得让办事的人容易找到自己；还得遵守约定的时间，手头的事情一次做完；并且一桩归一桩，别将不相干的事情混在一起，除非真有必要。

至于腐败，不能只管住你自己的手，还得管住你的雇员们不受贿，同样，也得管住求情者不要行贿，因为洁身自好是一回事，而廉洁的名声、公开表示对行贿受贿者的厌恶，则是另一回事。要避免的不仅是错误本身，还有犯错的嫌疑，凡是朝令夕改，或者没有明确的理由却突然改变心意的人，就会被怀疑收受了贿赂。

因此，无论何时，当你改变主意或方针路线时，一定要将事情的原委解释清楚，并公之于众，别想神不知鬼不觉地蒙混过关。一个随从或什么人，如果跟你过从甚密，而又没有什么明显的值得这份恩宠的理由，往往就会被人认为是在捞偏门、暗行贿赂。

至于粗暴，是毫无必要的，只会招人不满。严肃培养畏惧，而粗暴滋生仇恨。即使在训斥下级时，也应当严肃、庄重，而不是出言刻薄。

而说到耳根软，是比贪污受贿更糟糕的。因为贪污受贿只是偶尔为之，而如果死缠烂打或虚无缥缈的情面就能够左右一个人的话，他就永远也不得安生了。就像所罗门所说："看情面办事是不好的，因为这样的人会为了一片面包而枉法。"

有句古话说得更贴切："权位之上，真相毕露。"权位可将人烘托得更加伟大，也可使人显得更加糟糕。塔西佗说盖尔巴[②]："假如他从没做过皇帝，人们还以为他是适合做皇帝的。"而对韦斯帕西恩[③]，他这么说："韦斯帕西恩，他是唯一一个在皇位上而变得更好的人。"虽然前者说的是能力的欠缺或完善，而后者说的是为帝者的风度和情怀，但也是一个确凿的证据：如果权位能使人变得更好，那么他无疑是一个品格高尚、风度优雅的人。

---

②盖尔巴（公元前5~69），古罗马皇帝。

③韦斯帕西恩（9~79），古罗马皇帝。

权位，或者应该说是实施德政的职位，就像自然界的一切规律一样，向着目标奋进时是冲动的，达到目标以后却是平静的，所以追求权位时是冲动的，当权后却是稳重而平和的，一切向着高位攀升的道路都像是迂回曲折的楼梯，如果遇到派系之争，那么在向上的路上不妨加入一派，而到达高位后却要注意保持平衡。

善待前任的名声。因为如果你不这样做，它就会变成一笔债，在你离位后，肯定会被偿还到你身上。如果你有合作的伙伴，请尊重他们，宁愿在他们并不寻求与你会面时会见他们，也不要在他们有理由希望与你会面时置之不理。但在闲谈或者以私人身份答复求情者时，别念念不忘自己的权位，宁可让人说："他执行公务时是另一个人。"

·品读与欣赏·

作者首先开宗明义，认为权位是人生的累赘和束缚，如果能不追求权位的话就不追求权位。在权位和自由、智慧之间，作者会选择自由和智慧。但是作者并不反对那些当权的人，文章在论述了权位对于人之束缚之后，用大量的篇幅讲了一个当权者应该如何做，在文中大量使用了祈使句，让每句话看起来像是一个行为准则或者一个命令。从字里行间可以看出，作者对于当权者是忧心忡忡的，害怕他们因为自己的愚蠢和贪婪做出不恰当的举动，因此才会使用语气强烈的句子。同时也表现出作为当权者的不易，很容易受到各种诱惑的干扰，因此要有坚定的信念和明晰的智慧才能排除这些诱惑。

·学习与借鉴·

1.结构安排恰当：我们写文章或是为了抒发感情，或是为了解决问题。前者大多是文学性很强的文章，后者则是议论性很强的文章。解决问题就要有解决问题的方法。从这篇文章来看，作者论述了权位对于人的束缚，但是并不能取消所有当权者的权力，所以作者就用很大的篇幅叙说了当权者应该如何做才能成为一个合格的当权者。为了增加这种指导效果，作者运用了大量的祈使句增强文章的气势。

2.语言精彩：要想写一篇出色的议论文，除了充足的论据和严密的论证之外，丰富多彩的语言也是必不可少的。这篇文章就充分显示出这一点，作者的文采并不表现在华丽的语言上，而是在恰当的位置使用恰当的语言，这显示出作者驾驭语言的能力，这是一种高级的技巧。我们平时要注意人们的说话和场合。

十一、论匹夫之勇

有篇初中课文，看似一般却值得智者三思。有人问德摩斯梯尼[①]“一个演讲者最重要的是什么？”他回答：“动作。”“其次呢？”“动作。”“再其次？”“还是动作。”他声称自己深谙此道，还说自己在所推荐的这种才能上并没有什么天生的优势。这真是件奇怪的事。动作，对于一个演讲者来说，不过是种肤浅的表面功夫——对演员倒更适合些——却被抬得如此之高，盖过了其他那些重要的才能，如创新、口才等等，而且几乎被认为是独一无二的，似乎有它一样就足够了。不过，其中原因倒不难理解，因为人性中愚钝的部分总是比聪明的部分多，所以那些能够打动人心中愚钝部分的技能才是最有效的。

在政治上也是如此，若问什么样的政治才干最重要？“勇气”。再次呢？还是“勇气”。殊不知，勇气是无知无耻的产物，与其

---

①德摩斯梯尼（公元前384~公元前322），古希腊雄辩家、政治家。以强烈抨击马其顿国王腓力二世的系列演讲著称。

他的政治才能简直不可同日而语。不过，它倒真让那些头脑简单、唯唯诺诺的人为之着迷，受它牵制，而这些人占了绝大多数。不仅如此，有些聪明人也会一时糊涂，对它信以为真。

所以我们发现，勇气在民主国家中确实产生过奇迹，而在元老制或君主制国家中却不怎么见效。而且，勇气总是在第一次付诸行动时效果最好，然后就会很快失效，因为“勇气”二字是最容易虎头蛇尾的。的确，就像江湖郎中有给人看病的，也有给国家看病的。他们号称能治疑难杂症，药到病除，也许还真的碰上过一两次好运气，可终究缺乏科学的根据，不能长久。不但如此，你还会发现，一个勇气十足的人会一而再、再而三地表演穆罕默德式的奇迹。穆罕默德为了让民众相信他，说他能将一座山召唤到他这儿来，然后在山顶上为信奉他的戒律的人祈祷。教众们集合起来了。穆罕默德一次又一次地召唤那座山到他这儿来，山却纹丝不动。这时，他一点也不感到难堪，而是说：“如果山不肯到穆罕默德这儿来，穆罕默德就愿意到山那儿去。”[②]他们就是这样，当承诺的大事令人难堪地失败时，他们就会轻描淡写地拒绝承认，然后将话题一转，麻烦就没了。

那些逞匹夫之勇的人，在有见识的人眼里无疑是个笑话，就算是平常人看来，也有点滑稽可笑。如果说荒唐是引人发笑的原因，那么毫无疑问，逞英雄的人总免不了有几分荒唐。尤其可笑

---

②伊斯兰教经典故事。

的是，当一个逞英雄的人惊慌失措的时候，你会看到他的脸变得无比萎缩、木讷。这是一定的，因为一般人难为情时，情绪很快就走了，而逞强称能的人被拆穿时却会陷入困境，就像下棋时王棋被困，其他子又动不了，只能呆呆地僵在那儿。这种窘境可以写进讽世小品，却难登大雅之堂。

最好想清楚这一点，就是勇士们永远是盲目的，因为他们看不见危险和麻烦，所以不要跟他商量，但可以让他去行动。最好的用人之道是，永远不要让一个只知道勇往直前的人做总指挥，但是可以让他做个助手，听其他人指挥。因为商量时最好看到危险，行动时却最好视而不见，除非是极大的危险。

·品读与欣赏·

作者站在智者的角度来论述匹夫之勇，认为匹夫之勇不能成事，只能成为智慧者的工具。不但这样，逞匹夫之勇的人还经常被认为是愚蠢和冲动的代表。

需要注意的是作者在这里所谓的勇气是指争强好胜的匹夫之勇，是没有经过深思熟虑之后贸然作出的行动，是不顾一切后果的勇气。这样的勇气作者认为虽然也是一种才能，但是是一种低级的才能。真正的勇气是建立在智慧的基础上的，知道什么时候应该冲击，什么时候应该退缩，这时候的退缩也是一种勇敢。

·学习与借鉴·

1.趣味性强：议论文容易给人枯燥的感觉。如何让文章更有趣味，除了我们说过的增强文章的文采，用幽默的手法，还有一种就是像本文一样，在文章中加入一些有趣的小故事，比如穆罕默德的故事，这些小故事是和文章主题有关联的，能够揭示文章主题或者部分主题的。如果不是这样，强行引入一些不相干的小故事，就会有哗众取宠之嫌了。

2.说理方法恰当：将一个抽象的概念解释清楚让人接受，需要用很多笔墨。但是如果能赋予这个概念一个感性的形象，就会很容易让人理解。这篇文章就为我们做了一个很好的范例。作者把匹夫之勇化身为一个爱出风头的逞英雄的人，这个人被揭穿受到攻击的时候惊慌失措，脸上的表情被作者刻画了出来，让人看清了这种匹夫之勇的本质。

十二、论 善

我认为善的定义就是有利于公众。这也就是古希腊人所谓“乐善好施”或者“人道”，但内涵还要丰富。善，不仅是一种慈善的行为。前者反映本质，后者则只是现象。

德以善为首，此乃上帝的特性。如果人不具有这种品格，就将沦为蝇营狗苟、惹是生非、无可救药的下贱的生物。

开篇提出论点，提出的方式是层层推进：善不但是人道，而且是上帝的特性。【提出论点】

这种行善的品格也许会看错对象，但却永远不会过分。过分的权势欲曾使得撒旦堕落成魔鬼。过分的求知欲也曾使人类的祖先失去乐园。但唯有善的品格，无论对于神或人，都永远不会成为过分的东西。

向善的倾向可以说是人性所固有的。如果这种仁爱之心不施于人，也会施之于其他生物的。例如土耳其人虽然似乎是一个野蛮民族，但他们对狗和鸟等动物却很仁善。据伯斯贝斯[①]的记述，

①伯斯贝斯（1522~1592），荷兰旅行家。

有一个欧洲人在君士坦丁堡，由于戏弄一只鸟，险些被当地人用石块打死。

但人性中这种仁善的倾向，有时也会犯错误。所以意大利有句嘲讽话："过分仁慈，就是傻瓜。"马基雅弗利②曾写道："基督教的教义使人成为软弱的羔羊，以供那些暴君享用。"他之所以这样说，是因为确实没有任何其他法律、宗教或学说，比基督教更鼓励对人类的博爱了。为了不做滥施仁爱的傻子，我们就要注意，不要受有些人的假面具和私欲的欺弄，而变得太轻信和善良。轻信和善良常常诱使老实人上当。比如我们就绝不应该把一颗珍珠赠给伊索那只公鸡——因为它本来只配得到一颗麦粒。

我们的善不应该被坏人利用，不应该傻乎乎地被坏人骗取，这是这段的主要论点。【提出分论点】

《圣经》中曾说："天父使太阳照好人，也同样照坏人。降雨给行善的，也给作恶的。"但上帝绝不把财富、荣誉和才能对人人平均分配。一般的福利应该人人均沾。而特殊的荣耀就必须有所选择。另外要小心，我们在做好事时，不要先毁了自己。神告诉我们：要像别人爱你那样爱别人——"去卖掉你所有的财产，赠给穷人，把财富积存在天上，然后跟我来。"但除非你已要跟神一道走，否则还是不要把你的一切都卖掉。不然，你就等于以微泉

②马基雅弗利（1469~1527），意大利政治思想家和历史学家，文艺复兴时期意大利著名政论家。著有《君主论》等。

去灌溉大河。微泉很快就干涸，而大河却未必增加许多。所以人心固然应该向善，而行善却不能仅凭感情，还要靠理智的指引。

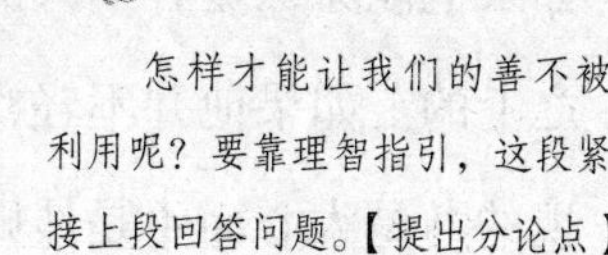
怎样才能让我们的善不被利用呢？要靠理智指引，这段紧接上段回答问题。【提出分论点】

为善不仅出于正当的理由，有些人为善乃出自天性。正如在另一方面，人性中也有恶的倾向。那种虚荣、急躁、固执的性格还不是最坏的。最恶的乃是用嫉妒以致祸害他人。有一种人专靠落井下石，给别人制造灾祸来谋生——他们简直还不如《圣经》里那条以舔疮为生的恶狗，而更像那种吸吮死尸汁液的苍蝇。这种“憎厌人类者”与雅典的泰门[③]正是一样的——虽然他们的园子里并没有一棵能供他人使用的树，却也要引诱别人去上吊。这种人也许倒是做政客的材料。他们犹如弯曲的木头，可以造船，却不能做栋梁。因为船是注定要在海里颠簸的，而栋梁却是必须能立定脚跟的。

善的天性有很多特征。对于一个善人，我们可以由此去认识他。如果一个人对外邦人也能温和有礼，那么他就可以被称作一个“世界的公民”——他的心与五洲四海是相通的。如果他对其他人的痛苦和不幸有同情之心，那他的心必定十分美好，犹如那能流出汁液为人治伤痛的珍贵树木——宁可自己受伤害也要助人。

③泰门，古希腊人。愤世嫉俗，看不起人类，曾对雅典人说：“这个园中有一棵树，我就要砍掉它了，谁愿意上吊赶快去。”

如果他能原谅宽容别人的冒犯，就证明他的心灵乃是超越于伤害之上的。如果他并不轻视别人对他的微小帮助，那就证明他更重视的乃是人心而不是钱财。最后，如果一个人能像《圣经》中的圣保罗那样，肯为了兄弟们的得救甘于忍受神的诅咒——甚至不怕被逐出天国，那么他就必定超越了凡世，而具有主耶稣的品格了。

·品读与欣赏·

善恶是人间的一大主题，千百年来人们一直在讨论善恶的标准。问题的复杂之处就在人们于不同的文化，以及不同的时间对于善恶有不同的看法。同样一件事在中国可能是一件善事，到了世界其他的某个地方有可能就会被判刑或遭到人们的谴责。还是同样一件事在今天可能无所谓，要是放到古代就会变成杀头的重罪。所以善恶的标准一直都在变。正因为如此，人们才一直寻找一种放之四海皆准的善恶标准。这篇文章中作者就在进行这种努力。作者认为善是世界上最美丽的品质，它可以升华人性，让人性达到神性的高度。在“扬善”的时候，作者也不忘“惩恶”，用尽各种挖苦讽刺把那些作恶的人批了个彻头彻尾。在各种恶性之中，作者认为嫉妒以致祸害他人是最恶毒的，这与前文作者“论嫉妒”中的观点是一致的。从而看出作者观点的连贯。

·学习与借鉴·

1.思路清晰：在论证一篇文章的时候，分论点是必不可少的。它就像一个驿站，让你在论述的道路上有一个明显的标志，用来整理思路。所以设置分论点反映了文章作者的思维逻辑和组织文章的能力。这篇文章有两个分论点，后一个分论点是解释前一个分论点的，这种解释的关系反映了作者的思维过程，对于读者来说也比较好理解。

2.首尾呼应：在文章最后如果能回应文章开始提出的论点，那么无疑会使得文章更有整体感，就像一支曲子有一个完美和谐的结尾一样，读完或者听完让人心中踏实。这篇文章开始作者提出善是上帝的特性，然后通过论证，在文章最后说如果一个人能像《圣经》中的圣保罗一样，那么就具有耶稣的品质了。前后文互相呼应，让文章有了一个完满的结尾。就好比作者论述的善一样，是那样的完满无缺。

十三、论贵族

文章开篇点明了这篇文章需要涉及的几个方面。【结构清晰】

谈到贵族，我们首先将它作为一个社会阶层，然后再论及其个人的特性。从古至今，一个君主国家如果完全没有贵族，就会变成纯粹的、绝对的专制，就像土耳其那样，因为贵族是对君权的调节，而且多少能将民众的注意力从皇室引开一些。

但是对于民主国家来说，贵族是不需要的。而且，与有世袭贵族的国家比起来，他们的人民通常更加心平气和，不大容易被煽动叛乱。因为在民主国家里，人们看重的是事而不是人，就算关注某个人，也是为了看他是不是做某事的最佳人选，而不是为了他高贵的家族或血统。我们看到，瑞士虽然有各种宗教，而且还是个州联邦国家，却能够长治久安，这是因为维系他们纽带的是实际的利益，而不是对统治者的崇拜。荷兰、比利时、卢森堡这些低地国家的省联邦之所以政通人和，是因为人民在那里有平等的权利，商议国事时更加公平公正，所以老百姓乐意纳税付款。

一个强有力的贵族阶级能增加君王的威望，却也会削弱他的权力，能带领人们过崇尚精神的生活，也能榨取他们物质上的财富。最好的办法是，当贵族的地位不会凌驾于王权或正义之上时，姑且让他们保留这种尊贵的地位，这样当草民犯上作乱时，矛头会先碰上贵族这块盾牌，而不至于猝不及防地直指君王的尊严。但贵族过多会导致一个国家的贫穷、举步维艰，因为这是一项过重的经济负担。而且，随着时间的推移，必然会有很多贵族走向衰落和贫穷，形成尊荣与财富之间的不对称。

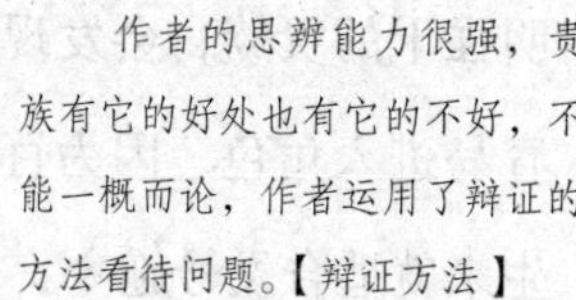

作者的思辨能力很强，贵族有它的好处也有它的不好，不能一概而论，作者运用了辩证的方法看待问题。【辩证方法】

比喻的修辞方法，把长久的贵族地位比喻成一座保存完好的古城堡，生动形象。【比喻论证】

至于个人的贵族地位，这是一件令人肃然起敬的事，就像看到一座保存完好的古城堡、古建筑，或者一棵枝繁叶茂、迎风招展的老树一样，那么，当看到一支古老的贵族后裔，历经风雨而不衰，感觉又当如何！因为新贵们不过是权力的产物，而古老的贵族却是时间的产物。那些贵族之家的第一代祖先，往往比他们的后代更能干，却不如他们纯洁，因为向上攀爬的路很少不是善恶参半、是非难辨的，但子孙们铭记在心的是他们的英明神武，至于他们的过失已随他们一起烟消云散，这也是人之常情。

而另一方面，贵族身份会熄灭别人对他们的不自觉的嫉妒，因为他们的荣耀是与生俱来的，的确，一国之君如果拥有一批精明强干的贵族，会发现用人时得心应手。他们比平民出身的人更容易进入角色，因为百姓会自然而然地服从他们，而他们也似乎生来就适合发号施令。

·品读与欣赏·

贵族在我国很长时间是一个贬义词，以至于人们提到贵族就想到了其剥削劳动人民的恶性。作者在这篇文章中也指出了这一点，认为贵族盘剥被固定在土地上的农民。但是作者的思考非常辩证，从多个角度来认识贵族问题。开篇就把贵族问题分成了社会性的和个人性的，让人思路豁然开朗。在分析社会性问题的时候作者也用两分法，既说贵族在社会中的积极作用又说消极作用。在论及个人性的时候也是从好坏两个方面说，做到了辩证地认识问题，打破了一般人对于贵族的思想禁锢。这得益于作者平时的观察和思考，而观察和思考的关键就是高度和角度，作者站在一个更高的高度和一个更大的视角来看待，所得出的结论也就更加全面真实。

·学习与借鉴·

1.辩证地分析问题：辩证地分析问题就是让我们看待任何一件事的时候都要看这件事的两个方面，既看到它积极的方面，又看到它消极的方面。因为辩证法告诉我们，世界上的任何事情都有其两面性，所以我们认识事物的时候不能只看好的或者只看坏的。这篇文章就给我们做了一个很好的示范。通篇读下来，作者给我们的印象是冷静客观、诚实可信的，这就是辩证法的魅力。

2.结构安排恰当：任何事情内部都是有矛盾的，如果我们发现了矛盾之处，不要逃避，这正是使我们思考变得深刻，文章变得富有内涵的地方。本文作者前文和后文对待贵族的态度看似矛盾，再仔细阅读文章发现，作者是主张取消贵族的特权而保留贵族的那些优点，以此来为国家所用。

十四、论迷信

对于神，与其乱发谬论，不如缄口不言，不言仅为不信，乱言则为不敬，而迷信则无疑是对神的亵渎。普鲁塔克[①]说得好："我宁愿人们说世上根本没有普鲁塔克这么一个人，却不愿人们说曾经有过一个普鲁塔克，他靠吃他子女们的血肉为生。"——他这话是针对史诗中关于大地之神塞特恩[②]的说法。

> 引用名人名言十分贴切，很好地佐证了作者自己的论点。【引用论证】

无神论把人类付诸理性，付诸哲学，付诸世俗的骨肉之情，付诸法律，付诸名利之心，等等。而所有这一切，如果世上没有宗教，也足以教导人类趋向于完善。但是迷信却相反，它否定这一切，却在人类心灵中建立起一种非理性的专制暴政。从历史看，扰乱国家的并不是无神论。

> 作者从社会政治的立场来论述迷信问题，视角广大，意义深刻。【意蕴深刻】

①普鲁塔克（46~119），希腊伦理学家，传记作家。

②塞特恩，罗马神话中的土地之神，以人为祭品。

因为无神论使人类重视现世的生活，使人类除了关心自身的福祉外便没有其他的顾虑。试看历史上那些倾向于无神论的时代（如奥古斯都大帝的时代），往往是太平的时代。但是迷信却曾经破坏了许多国家。迷信把人类托付于来自九霄云外神秘者的统治，而这种莫名其妙的统治却足以否定掉人间正常的法制。迷信总是群众性的。而在迷信盛行的时代，即使有少数智者也不得不屈从于愚妄的群氓。在这种时代，理论的假设并不服从于世界，而是世界必须服从于理论的假设。在一次圣教会议[3]中，有的教士曾作过一个意味深长的比喻，他说经院哲学家好比那些天文学家。天文学家为了解释天体的运行，假设了离心圆、本轮以及诸如此类的轨道存在，虽然他们明知道宇宙中其实是不存在这一切的。[4]

同样，经院哲学家编造了许多奥妙复杂的原理和定律以解释宗教，虽然他们也明知道这一套故弄玄虚的事物是不存在的。使人类陷入迷信的方法有：利用眩人耳目的宗教礼仪制造法利赛式的虔诚，[5]利用人们对传统的盲目崇拜和信从，以及利用其他各种由僧侣发明和设计的宗教圈套。僧侣们常谈所谓“虔诚的善意”，却不惜让这种“善意”把人类引向地狱。最后，迷信还利用历史

---

③指罗马天主教会于1545年召集的“全体大会”，至1563年方闭会，讨论该教会的内部改革，以抵抗路德派的新教运动。

④离心圆、本轮均为哥白尼以前托勒密旧天文学的术语，以虚构的方法描述宇宙星球的运动。

⑤法利赛人为犹太教中之一派，其宗教礼仪以虚伪无实而著名。

上出现的那些野蛮时代，尤其是灾祸横生的不幸时代。愚妄的迷信是极为残酷而且丑恶的。迷信并非宗教。如果有一只猿猴，其外表竟长得像人，那将是十分令人厌恶的，因为这是对人类的嘲笑。而一种迷信，如果以一种虔诚宗教的形式出现，也将更加令人厌恶。物腐生蛆，某种起初很神圣的宗教仪式，经久也会腐化成繁琐的形式，并且使信徒们付出巨大的代价。但是另一方面，当人们憎恨一种旧迷信时，往往会矫枉过正，其结果却是陷入了一种相反的新迷信。所以在反对一种迷信时，应当慎重，不要过头。

·品读与欣赏·

迷信和智慧相对立，有智慧的地方没有迷信，有迷信的地方很少有智慧。作者是一位智者，会很自然地反对那些原始的迷信。但是可贵的是作者并没有局限在迷信的思想范畴，讨论迷信如何成为迷信和如何避免迷信，而是从社会政治的范畴说迷信给社会带来什么样的灾害。为了说明这个问题，作者从历史中分析，找出这种迷信的根源——经院哲学。经院哲学是统治欧洲中世纪的一种神学思想，这种思想最大的特点就是繁琐，经常讨论类似一个针尖上能站立几个天使的问题。人们聚集在一起，或者集体争论或者著书立说，来论证这样的问题。在这样的论证背后，首先是承认上帝的不可怀疑性，不可怀疑就是对于上帝问题不能问为什么，而只是服从。作者认为，这就是一种典型的迷信。由此，我们可以看出，所谓迷信就是不假思索的被动相信。

·学习与借鉴·

1.善于分析问题：通过学习本文我们可以看出，作者分析迷信的时候，是从历史的角度来分析的。这种历史的分析方法在很多事物的分析上都能够使用，任何一种事物都是有它的来龙去脉的。我们如果能把握住这件事的来龙去脉，那么这件事的内在本质就很容易搞清楚。所以，当写文章无处下笔的时候，不妨想想这件事是怎么形成的，从何而来的，这对于打开我们的思路大有裨益。

2.巧妙的引用：写文章经常会引用一些名人名言，我们如何选择这些名人名言呢？本文第一段中的一句名言让人看了之后很明白，能够很快地抓住作者的中心意思。引用名言就要达到这种效果。所以我们选择名人名言的时候，一是要看这个人的号召力大不大。作者所引用的名人在我们看来都是比较陌生的，但在当时的社会背景下是家喻户晓的名人；二就要看所引名言是否真的适合放在这里。很多时候是表面上看合适，其实看完让人摸不着头脑或者误导了读者，这些都需要仔细考量。

十五、论旅行

对于年轻人，旅行是一种学习的方式。而对于成年人，旅行则构成一种经验。

当你想到某国去旅行时，首先应学习一点该国的语言。假如一个年轻人在旅行中，身边带上一个了解别国语言和风情的向导，那对他将是大有帮助的。否则，他就可能像只蒙着头的鹰，到处乱撞，却很难说看到什么。

远游者有一种怪习，当他们在海上旅行时，尽管除了天就是海，他们却往往会大写日记；而在陆地上，尽管有许多层出不穷的新奇事物，他们却往往懒得动笔。这是很奇怪的，难道一览无余的东西倒比应该认真观察的东西更值得记录吗？照理说来，在旅行中，日记是应该坚持写的。

在旅行一地时，要注意观察下列事物：政治与外交，法律与实施情况，宗教、教堂与寺庙，城堡、港口与交通，文物与古迹，文化设施，如图书馆、学校、会议、演说（如果碰上的话），船舶与舰队，雄伟的建筑与优美的公园，军事设施与兵工厂，经济设施，体育，甚至骑术、剑术、体操，以及剧院、艺术品和工艺品之类。总之，留心观察一切值得长久记忆的事物，并且访问一切能在这些方面给你以新知识的老师或人们。相对而言，有些典礼、闹剧[①]、宴会、红白喜事等热闹一时的场面，倒不必过于认真，当然也不应忽略不顾。如果一个年轻人想通过一次短促的旅行迅速得到一些知识的话，以上所谈的方法是可以借鉴的。为了达到这一目的，他必须通晓所去国家的语言，还要找一个熟悉国情的向导，带上介绍该国情况的书籍、地图，坚持写日记。在每一地逗留时间的长短，要根据提供知识的价值来决定。但最好不要逗留过久。在一地住下时，如果可能，最好能经常换换住所，以便更广泛地接触社会。

在交际方面，不要只找熟识的同乡。要设法接触当地人，以便在必要时能获得他们的帮助。如果能设法得到各国使节秘书的友谊，那么你虽只到一国，却能得到许多不同国家的知识。

在旅行时还可以去拜访一下当地有名望的贤达人士，以便观察一下他们与所负的名望是否相称。但千万要注意避免卷入纠纷和决斗。

这种决斗的原因无非是由于争夺情人、位置、荣誉或语言冒犯而引起的。为了避免发生纠葛，在待人接物上就必须谨慎，尤其在和那种性情鲁莽之徒来往时更要小心，因为他们总是乐于招

① 指盛行于宫廷中的一种诗剧。

惹是非。

在旅行结束回到故乡后，不要立刻就把已去过的异国丢到脑后，而应当继续与那些新结交而有价值的友人们保持通信。还应当注意，归国后不要改头换面打扮出一身异国装束。在人们问及旅行的情况时，最好只作为一个答问者而不要作为一个夸耀者。不要使自己在别人眼中，成为一个出了一次国就忘记祖先风俗的人，而应当做一个善于把别国的优良事物移栽到本国土壤上的改良者。

·品读与欣赏·

旅行在我们今天来看是一种休闲度假的方式，通过旅行我们可以获得大量的知识，这是毋庸置疑的。我国古语“读万卷书，行万里路”讲的也是这个道理。我们新到一个地方，不管是主动的还是被动的，总会接受一些当地的风土人情方面的信息，而这种信息是不需要死记硬背的，由于身临其境，会很自然地记住这些知识，因为这些知识是生动的知识，而不是课本上的死知识。这就是旅行对于新知的重要性。作者开篇就把年轻人和成年人分开讨论，旅行对于年轻人是学习，而对于成年人是一种经验。成年人有了自己的知识系统和世界观，旅行对于他们是修正或者完善自己知识系统和世界观的机会，对于他们来说是一次难得的经验。

·学习与借鉴·

1.联系生活实际：如果我们对一件事情有足够的经验，那么我们这些经验对于其他人来说无疑是具有价值的。这个时候我们把这些经验写成文章，别人就会愿意阅读。这篇文章就给我们做了一个很好的示范。作者对于旅游是很有经验的，在旅行中作者获得了新知，增长了经验。相比其他论说文章，作者并没有讨论旅行的本质或者概念，而是像一位向导一样向我们介绍在旅行中应该注意哪些问题，苦口婆心地提醒我们危险的情况或应该注意的问题。

2.简洁优美的语言：写成文章的语言和我们平时说话的语言有着不同的结构方式。平时的口语都是简短的句子，很少有一句主谓宾都齐全的句子，主要是为了表达意思，意思能够让对方理解就可以了。而我们写文章，表达意思是一方面，表达的完善和优美也很重要。这篇文章的语言就做到了简洁优美。作者在文章中长短句结合，语气和语气之间衔接顺畅，用词准确，没有过度的渲染。

十六、论帝王

一个人，如果没有什么值得渴望的东西，却有许多担惊受怕的理由，这种心态真是可悲，而这正是帝王们通常的写照。他们在万民之上，什么也不缺，因此更加无欲无求、郁郁寡欢；又有那么多的明争暗斗，使得他们的性情更加阴晴不定。这就是《圣经》中为什么说“君心难测”的理由之一。一个人如果有太多的猜忌，却又缺乏某种强烈的欲望来支配其他一切想法、决定它们的轻重缓急，这个人的心思就会变得难以捉摸。

因此，君王们经常会激发自己的欲望，让心思集中在某件小事上，有时是造一幢房子，有时是建一座祭坛，有时是提拔一个人，有时是学习一种技艺并精益求精，就像尼禄之于弹琴，图密善之于射箭，康莫得斯之于击剑，卡拉卡拉之于驾车，[①]诸如此类。有些人难以理解，那是他们不懂这个道理：“在小事上有所进取也能让人兴奋，这毕竟比在大事上无所作为要强。”

①尼禄、图密善、康莫得斯、卡拉卡拉皆为古罗马皇帝，以残暴著称，不得善终。

我们还会看到，那些早年南征北战、所向披靡的帝王，也不可能将他们的成功无休止地继续下去，到了晚年时必然会时运逆转，变得迷信而忧郁，就像亚历山大大帝、戴克里先和众所周知的查理五世一样。[②]因为那些习惯了一帆风顺的君王，一旦碰了钉子，就会对自己失去信心，再也找不回自己了。

现在来谈谈真正的王者风范，这真是件难得又易逝的东西，因为无论温和还是强硬，都有其相对的一面，不能一概而论。然而软硬兼施是一回事，喜怒无常又是另一回事。阿波罗纽斯[③]答韦斯帕西恩皇帝的一段话真是绝妙的箴言。韦斯帕西恩问："尼禄为什么会垮台？"他回答："尼禄善于调弦弄琴，但在政治上，他有时把弦绷得太紧，有时又放得太松。"的确，为王者不合时宜、不讲策略地变来变去，忽而大发淫威，忽而放任自流，再没有什么比这更有损权威的了。

有一点说得对，就是近代所谓君王之术，尽是些大难临头时的破解之术，而不是引导他们走上一条脚踏实地的为王之道，防患于未然。这无异于在跟运气较劲。人们千万不能忽视或姑息任何可能酿成灾祸的因素，因为谁也阻止不了星星之火的迸发，也

---

②亚历山大大帝，古马其顿国王，公元前336至公元前323在位，建亚历山大帝国；戴克里先，古罗马皇帝，284至305年在位，将罗马分为东西两个帝国，晚年曾迫害基督教徒；查理五世，1519至1556年任神圣罗马皇帝，晚年皈依基督教并禅位，潜心修行。

③阿波罗纽斯（公元前295~公元前215），著名哲学家。

说不清它会从哪里冒出来。坐江山难，千头万绪，举步维艰，但最难的还是君王们自己的心境。正如塔西佗所说：“君王们的欲望常常是强烈而又互相矛盾的。”他们经常会产生一些自相矛盾的想法。因为大权在握的人会有一种心理误区，就是只想达到目的，而不能忍受过程的曲折。

帝王们必须和邻国、后妃、子嗣、高级教士、贵族、绅士、商人、平民和军人们打交道，面面俱到，否则，稍有不慎就有可能酿成灾祸。

首先来谈谈邻国。邻国之间的情况千差万别，没有什么通用的法则，只有一条，就是君王们必须保持足够的警惕，防止邻国以领土扩张、贸易往来、边境渗透或类似方式发展得过快过强，以致对本国造成空前的威胁。预测和预防此类事情的发生，通常是一些常设参议机构的任务。

在英王亨利八世、法王法兰西斯一世、神圣罗马帝国查理五世三王当政的年代，三国之间的确保持了这样一种警惕，即任何一方都别想扩张领土，哪怕是方寸之地，否则另两位就会立刻联合起来，必要时还会诉诸武力，将局势扳回来，而绝不会为了一时的和平而牺牲本国的利益。这么做的还有那不勒斯国王斐迪南多、佛罗伦萨统治者洛伦佐·美第奇和米兰统治者卢多维库斯·斯福尔扎，三者之间的联盟被圭恰迪尼[④]称之为意大利的安全保障。

④圭恰迪尼（1482~1540），意大利史学家及政治家。

他们才不会去管某些经院哲学家的意见，认为只有在受到伤害或挑衅时发起的战争才会是正当的。因为敌人虽然还没有攻击我们，但危险已经迫在眉睫，这毫无疑问也是战争的正当理由。

至于后妃，是有残酷的先例的。丽维亚因毒死了她的丈夫奥古斯都大帝而恶名远扬；罗克索拉娜，奥斯曼帝国苏丹苏莱曼的妻子，就是那个害死声名显赫的穆斯塔法皇太子的人，还在其他方面破坏了皇室和王位继承的传统；英王爱德华二世的皇后，是废黜和谋害她丈夫的主谋。当后妃们阴谋扶持自己亲生的儿子继位，或当她们有了外遇时，就是最应该提防她们发动阴谋的时候。

至于子嗣也有同样的危险，由此引起的悲剧故事也屡见不鲜。通常，父王们如果对他们的儿子起了疑心，总是件不幸的事。正如我们在前文中所说，穆斯塔法之死毁了苏莱曼家族的声望，因为土耳其的王位继承问题，自苏莱曼以后直到现在都被人说三道四，认为血统可疑：谢利二世被认为是皇太后的私生子。同样，东罗马帝国君士坦丁大帝杀死了他的儿子克里斯帕斯，一位难得的秉性温良的年轻王子，因而毁了他的家族：他的两个儿子，康斯坦丁那斯和康斯坦斯都死于非命，而另一个儿子康斯坦修斯的结局也好不到哪儿去，虽然总算是病死的，却是死在尤里安起兵对付他之后。而马其顿国王腓力二世之子德米特里的死，最终报在了他父亲身上，使他在悔恨中死去，同样的例子还有很多，不管怎么样，做父亲的极少或绝不会从这种猜疑中得到什么好处，除非做儿子的已经公开起兵作乱，就像苏莱曼一世镇压巴亚塞提或英王亨利二世讨伐他的三个逆子时一样。

至于高级教士，当他们有权有势、气焰高涨时，也是有威胁的，就像在坎特伯雷大主教安塞姆或贝克特的时代，他们简直是在用自己的主教权杖挑战国王的宝剑，虽然他们面对的是强大而傲慢的英王威廉·鲁夫斯、亨利一世或亨利二世。这种威胁并非来自教士阶层本身，而是来自他们与外国势力的勾结，或当教士们不再由国王或有圣职授予权的人来任免，而是由民众推选时。

至于贵族，与他们保持一定的距离是不会错的，但削弱贵族的势力虽然可以加强君权，却也使君王失去了安全的屏障，做起事来不如从前那样得心应手。我在拙著《英王亨利七世》中谈到，亨利七世削弱了贵族的势力，结果却使自己的统治充满了艰辛与动乱，因为贵族们对他虽然没有二心，却不愿协助他治理国家，结果他不得不事无巨细亲自动手。

至于绅士，作为一个松散的群体，倒是没什么太大的危险。他们有时也许会说些大话，却无伤大雅。他们还是一支可以制约更高的贵族阶层的政治力量，使贵族的势力不至于发展得过于强大。而且，作为统治阶级中最接近平民的一群，他们也最善于安抚民心。

至于商人，就像给肝脏供血的“主动脉”。如果他们不够活跃，一个国家就算四肢再发达，也会因为血管里空空如也而吸取不到营养。增加他们的赋税对国库收入没什么好处，却会因小失大，因为个别税率提高了，贸易总额却减少了。

至于平民，是不会造成什么危险的，除非有杰出人物做他们的领袖，或是当他们的宗教信仰、风俗习惯、生活方式被扰乱时。

而军人，当他们长期生活在同一个团队里，而且习惯了邀功请赏时，情况就会变得危险，这点我们可以从土耳其士兵和古罗马禁卫军中得到教训。而将他们编入不同地方的部队，交给不同的指挥官来训练和管理，而且不加犒赏，那么他们就是保家卫国的军人，而不是什么危险分子。

帝王们如同天上的星宿，能给人间带来好运，也会招来灾祸。他们受世人景仰，却也不得片刻安宁。所有关于帝王的戒律格言，无外乎以下两点："记住你是人"和"记住你是神或神的化身"。前者用来约束权力，后者用来约束欲望。

·品读与欣赏·

一般人难以接触到帝王，对于帝王的理解往往流于表面，一些人梦想着自己有朝一日能够当上帝王，对于有这样的梦想的人，看完这篇文章可能就需要重新考虑一下了。作者先把帝王和普通人拉到一个水平线上，认为帝王的烦恼是一般人也有的烦恼，并且帝王的烦恼即使放到一般人当中也是很可悲的。文章开始就打消了人们对帝王的幻想，这就有助于消除人们对帝王的迷信，从而更好地讨论帝王这个话题。作者对帝王基本持一种悲观的看法，认为好的帝王是非常难得的，即便有些帝王一时非常英明，这种英明也很快会消失。所以作者在文章后半部分不厌其烦地把帝王需要处理的各种问题都罗列下来，句式相同，故意造成这种感觉，是为了突出帝王的愚蠢很容易给国家、社会、人民带来灾难。

·学习与借鉴·

1.事实论据：从本文我们可以看出，作者是一位深谙历史的人，对于各国各时代的历史，作者都能信手拈来。在论述某项问题的时候，作者就可以从历史的角度搜寻大量的例子。大量的例子或者论据对于一篇文章来说无疑会增加说服力，另外一个方面，大量的事例也会使得文章显得丰富有内容，而不是空泛的议论。我们要想达到这样的效果，就应该在平时看书时留心，找到自己关心或者感兴趣的东西，每当看书看到有关这方面的知识的时候，尝试养成习惯记下来，运用的时候也会自然。

2.引用名人名言：许多名言都是有历史背景的，有些话在当时的背景下是正确的，而放在现在却是偏颇的。有些话还是从一篇文章中截取的，有上下文的关联，有可能这句话和作者的本意并不相符。我们引述他人的话的时候要本着谨慎的态度，最好能够查到原始的出处，看看这句话是否真是这个意思。然后我们如果能在文章中把说话人的背景和事情的原委说出，那么无疑会增加我们引用的分量，远比大量引用更有效果。

十七、论参议

人与人之间最大的信任，莫过于对进言者的信任。在别的信任关系中，人们托付的只是生计的一部分，如田地、财产、儿女、信用或别的具体事务。而对那些他们视之为顾问的人，人们托付的则是全副身家性命。可见这些顾问该如何加倍地恪守忠实与诚信的原则。

最聪明的君主也不必担心依靠参谋会有损自己的伟大或贬低自己的能力。因为就连上帝也不是一意孤行的，他称自己的儿子耶稣为“劝世者”，①作为赐给他的众多光荣称号中的一个。所罗门曾说：“善议则安。”事物都有动荡不安的时候，或早或晚而已：如果没有经历最初的商议、辩驳、论证的风波，就会在今后的实施过程中备受命运的颠簸，反反复复充满变数，像个醉汉一样踉踉跄跄。

理论说理的方法，用某种理论来解释一种现象，能增强文章的说服力。【事理论证】

①劝世者（Counsellor），出自《圣经·旧约》，是对即将降生的圣子耶稣的尊称。

所罗门看到了议事的重要性，他的儿子却吃尽了进言者的苦头。这个曾经为上帝所宠爱的国家，因为谗言而出现了裂缝，山河破碎。对于有害的进言，我们应该引以为戒，认清它的两个永恒不变的特点：就人而言，它是经验不足者提出的不成熟的建议；就事而言，它是过激而狂热的言论。

为王者既然离不开谏臣谋士，就得善用、巧用他们的进言，古人用比喻的方法形象地描绘了两者的关系：主神朱庇特迎娶了建议的化身——米狄司女神，这么一来，就将王权与议事制度结合在一起；另一方面，米狄司女神嫁给朱庇特有了身孕后，朱庇特不等她把孩子生下来就把她吃了，这么一来，他自己就怀孕了，并从头上生出了全副武装的帕拉斯。这个荒诞不经的故事道破了王权的一个秘密，就是为王者应该如何对待、使用谏臣谋士。

用一个小故事过渡，让文章显得自然、生动、有趣。【过渡】

首先，君王应将国事交给大臣们去商议，这就相当于最初的怀胎受孕。等到此事如孩子在母亲的子宫内精心酝酿、塑造、成形、瓜熟蒂落，即将出现在世人面前时，帝王们就不能再等了，不能再让谋士们继续指手画脚地作决定，以免显得全靠他们似的，而是要将决策权收归自己手中，并且让世人相信这些法令和决议——它们的出台审慎而有力，就像全副武装的帕拉斯女神一样——出自帝王们自己。不但出自他们的权威，而且出自他们的智慧和谋略（这会更增添他们的英名）。

现在，再来谈谈参议的弊端和补救的方法。征求和采纳意见的弊端有三：一、政务外泄，守不住秘密；二、君王的威信被削弱，似乎没有参谋的意见就不行；三、有听信谗言的危险，这些花言巧语往往对说者，而不是听者更有利。

鉴于这种种弊端，意大利人提出了“枢密会议”理论，并在法国的几个王朝得到实施，但这种治病的法子比疾病本身更糟糕。

说到保守秘密，君王们不必事无巨细地跟所有臣子商量，而是要自己决定什么事可说、什么事不可说、什么时候该跟什么人说。而且，问意见的人也不必承诺一定会照建议去做。君王们要切记，别让秘密从自己口中泄露出去。至于那些枢密会议，不妨送它四个字：“千疮百孔”。只要有一个轻浮的人出于虚荣心说漏了嘴，那么其他人再怎么守口如瓶也没用。的确，有些事需要绝对保密，除了君主本人，再有一两个人知情就够了，人少不是件坏事，因为这样不容易走漏风声，而且有利于统一意见和行动，避免分歧，不过，这么一来，就要求君主必须是位明君，遇事能亲力亲为、说到做到，身边几个心腹谋士也得要精明过人才行，尤其是要忠于国王的意图。就像英王亨利七世，他从不将重大的国事透露给别人，除非是莫顿和福克斯。[②]

说到君王威信被削弱的问题，那个寓言故事已经显示了补救的办法。君王

重复使用前文论据，可以反复证明论据的可信性。【事实论证】

②莫顿为亨利七世的坎特伯雷大主教，福克斯为威斯敏斯特主教。

的威信，不但不会因为听了参谋的意见而受到削弱，反而会在他们主持参议会的过程中得到提高，也从没有哪个君王因为有了谋士而失去他的追随者，除非某个或几个谋士被抬得过高，而这类事情是很容易被发现并纠正的。

最后一个麻烦，就是参谋们在心里打着自己的小算盘，“世间不再有诚信”。[③]当然，这句话是就一个时代而言，而不是指个人。有的人天性忠诚、真挚、纯朴而直率，不比那些手腕老到、深不可测的人，君王们应该首先将具有这些品质的人吸引到自己身边来。另外，谋士们通常并不那么团结，而是互相提防。因此，如果一个谋士出于私利或小集体的利益来进言的话，往往会有人向国王报告。不过，最好的补救办法，还是君王们要了解自己的谋士们的品性，就像谋士们了解君王一样。

“为君者贵在知人善用”。[④]

另一方面，谋士们不应过分刺探主子的为人。一个真正的谋士应该具有的品质，是善于处理事务而不是拿捏主人的脾气，这样他才能提建议，而不是迎合君王的脾气。君王们既要听听谋士们私底下的议论，也要听听他们在人前的说法。因为私底下的议论更自由，而在人前的说法则更郑重。私底下，人们更能够坦然面对自己的情绪，而在人前则更容易受到别人情绪的影响。因此，

③语出《新约·路加福音》。

④语出古罗马诗人马尔提阿利斯。

两种意见都听听是有好处的。对那些职位较低的人，最好是跟他们私下里会谈，以使他们畅所欲言。而对那些职位较高的人，最好是让他们在公众面前发言，以使他们出言谨慎。

君王们在听取意见时，如果只问事不问人，那么就是白费工夫，一件事情就像是一尊死的塑像，只有正确选择了执事的人，才能将事情办活。而以地位的高下来判断人品和性格，就像在哲学或数学中死搬硬套概念一样，这种做法也是得不偿失的，会不会犯最愚蠢的错误，还是能作出最明智的判断，全看用人是否得当。还有句话说得好："最好去问那些死去的人。"当活着的人畏缩不敢言时，书本却直言不讳。因此，常读书是有好处的，尤其是那些曾经亲历其事的人写的书。

有些名人名言中的词汇比较晦涩，读者不容易一下子就弄懂，引用的时候要解释一下。【引用论证】

今天大部分议事机构不过是一种普通的聚会，人们与其说是在辩论，不如说是在谈天说地。而且，他们急于得出结论或做出决议。在重大问题上，最好是今天提出某个议案，隔天再来讨论，所谓"夜来多思"。英格兰、苏格兰合并委员会就是这么做的，⑤那确实是个井然有序的议事机构。我建议安排专门的请愿日，这样既能让请愿者确定他们的请求受到重视，也能使政府腾出时间商议更紧迫的国家大事。

⑤该委员会于1604年成立，培根时期英格兰与苏格兰是独立的。培根极力主张两国合并，并促成了该委员会的成立。

要使议事顺利进行，还得精心挑选委员会成员。任用一些无成见的人，比在对立的两派各安插一些强硬派来互相牵制更好。我建议成立专门的常任理事会，负责譬如贸易、财政、军事、诉讼或别的事宜。如果一个国家有各种具体的议事机构，而只有一个议院（就像西班牙一样），那么这些议事机构就相当于各种常任理事会，只不过权力更大而已。准备去议院反映情况的各种职业人员（如律师、海员、铸币者等），应该先报告理事会，然后，如有必要，再上报议院。而且，不能让他们成群结队而来，或表现得像民众领袖一样桀骜不驯，否则就不是反映情况，而是咆哮议院了。

长桌还是方桌，或是沿墙根摆放的座位，如此看似形式上的小事，却是实质性的大事。因为，在长桌上，左右会议进程的只有坐在上席的几个人，而其他形式却更有利于听到位次较低的人们的意见。一位主持会议的君主，切不可在言辞间流露太多个人的倾向，否则议事者们就会见风使舵，说些他喜欢听的话，而不是尽情发表自己的意见了。

·品读与欣赏·

本文的论题“参议”是一项政治生活的内容。在讨论政治的时候，作者往往不像讨论其他论题那样从本质出发，讨论政治的时候，作者往往从实际经验出发，在具体的政治生活中，各种人、各种事、各种势力都需要依靠实际经验来处理。如果只从书本出发处理实际的政治生活，那么无疑会遇到很大的障碍，影响自己的判断和决策。本文作者具有丰富的政治生活经验，作者在行文中把政治问题拆解为许多细小的问题，每个问题都给出了具体的答案或者行为的准则。作者深谙政治的规则，甚至连开会时侯桌子的摆放都了如指掌，这种对细节的专注，对于任何一个执政者或者管理者来说，都是非常宝贵的经验财富。

·学习与借鉴·

1.巧妙的过渡：我们在写文章时经常会需要转换一下思路或者角度，这个时候就需要过渡，如果过渡的好会让人不知不觉地从一个角度转到另一个角度；如果转化得比较生硬，那么文章的连贯性就会减弱，读者阅读时感觉像是两篇文章拼凑起来的。这篇文章第四第五段之间用一个小故事来过渡，把文章从宽泛而论引入到具体论述的阶段，而后文的具体之处都在这个小故事之中能够找到线索，非常巧妙。

2.结构安排恰当：文章是由很多段落组成的，分段是因为一个段落表达了一个比较集中的意思。当我们需要更进一步说明，或者换一个意思的时候就需要另起一段。这是在论说文章中的现象。在文学性比较强的文章中，段落的转换常常是根据行文的语气进行，这样能增强文章的美感和文学性。在论说文章中我们不妨也使用这种方法，例如文章中独自一句话占一段的情况。作者为了突出这句话的重要性，让它单独成段，虽然显得很突兀，但是这句话却深深印入了读者的脑海。

十八、论时机

> 文章开头用一句格言警句样式的句子开头，引入深思。【语言凝练】

命运就像一个集市。很多时候，只要你多坚持一会儿，对方的价钱就会掉下来。可有时候却又像西彼拉①卖书一样，开始时卖的是全套，等到残缺不全了，价钱却一分不少。常言说得好，命运之神送上她的发辫时你不抓，再抓就已是个光头了。或者至少她会先把瓶子的把儿对着你，若不抓住，就只有给你滑溜溜的瓶肚子了。

确实，再没有比善于把握时机更大的智慧了。譬如，看起来不怎么可怕的危险往往是真正可怕的，因为危险迷惑人的时候多，原形毕露的时候少。不仅如此，最好是在危险还没有来临的时候主动出击，将它拦截在半路上，而不是长时间看着它一步步靠近，

①西彼拉，西方传说中的女巫，曾作书九卷献给罗马王并索要重金，遭拒后烧掉三卷却仍索要原价，好奇的罗马王读了她的书后大为震动，最终以原价买下残书。

因为盯的时间太久可能会睡着。反过来，被危险的巨大阴影吓住（就像低垂的月亮从敌人背后照过来时一样），以致在时机未成熟时放空枪，或者因为太急于出击而打草惊蛇，招致危险来临，这就走到另一个极端了。

我们说，时机是否成熟是一件必须时刻放在心中掂量的事。通常在做大事时，我们最好先用阿尔戈斯的一百只眼睛来观察时机，然后再用布里亚柔斯的一百只手来加快速度。②对于从政的人来说，能使他隐身的普路托的盔甲③，就是秘密地议事、迅速地实施。因为事情到了实施的时候，迅速是最好的保密措施，就像子弹从空中划过，因其迅速无比才能逃离人们的视线。

·品读与欣赏·

自古以来人们对于命运的讨论就没有停止过，人们总是好奇自己的命运，这源于人们对自己巨大的不安全感和恐惧感。人们倾向于相信自己的命运是美好的，倾向于承认自己所在这个团体的命运是好的。在一些偶然现象发生之后人们又倾向于认为命运不是由人主宰的，自己不能有任何作为的。作者这篇文章就批判了这种思想，作者认为命运是由很多机遇构成的，能不能抓住机遇并且快速准确地实施

---

②阿尔戈斯，希腊神话中的百眼巨人，比喻机警的看守人。布里亚柔斯，希腊神话中的百手巨人。

③普路托，罗马神话中的冥王，阴间的统治者。

自己的方案是能否改变命运或者做成一件大事的关键。对于如何抓住机遇作者分享了自己的经验，就是掂量机遇是否成熟，是否有利于自己完成一件事，这需要很高的智慧。

·学习与借鉴·

1.精彩的开头：论说文章，最精彩的就是作者深刻的思想和简洁的表达。而这两者最突出的表现就是格言式的语言形式。如果我们把这样的话放在一篇文章的开始，人们看到这句话被深深地打动了，或者觉得这句话是这样的有道理，人们首先就会认为这是一篇可读的文章，这篇文章所说的道理也就更容易让人接受。本文就是这样一篇文章，文章开始就是一句名言警句，这当然来自作者深刻的思想和简洁的表达，便立刻让人对这篇文章提起了兴趣。

2.论据充实：所引用的例子或者名人名言能够影响一篇文章的品格。例如文章中的例子都是一些市井小事，所引言论也都是一些无关紧要的人说的无关痛痒的话，那么这篇文章品格就非常低。相反，像作者这篇文章一样，引用的是一些具有神性的人、伟大的人的丰功伟绩，那么这篇文章就会显得古雅，这样的事例和人物所说的话也就更能让人接受。

十九、论狡猾

狡猾是一种邪恶的聪明。但狡猾与机智虽然相似，却又很不相同——不仅是在品格方面，而且是在作用方面。例如有人赢牌靠的是在发牌时捣鬼，但牌技终归不高。还有人虽然善于呼朋引友、结党钻营，可是真做起事来却身无一技。

文章开头提出全文的论点，干脆利落。【提出论点】

再说，通晓人情是一回事，明白事理又是另一回事。很多人善于揣摩别人的心思，却不太会办实事，这种性格的人只知迎合人情世故，而不知理性地学习和思考。对于这样的人，只能让他去做安排好的事，而不能听他的意见。他们在自己的圈子里如鱼得水，可一旦面对新的人群，就会茫然不知所措。“聪明不聪明，让他们到生人面前去试试身手。”[①]这个古老的识别聪明人和笨人的办法，最能分清他们到底是聪明还是笨。

狡猾之人就像小商小贩，不妨来兜兜他们的底。有些狡猾的

①出自亚里斯提卜，古希腊著名哲学家。

人，在跟人谈话时贼眼溜溜，不放过人家的任何一个细微的表情。就像耶稣会士[②]的格言里说的：“许多聪明人的秘密都写在脸上。”不过，要做到这一点，有时就得低眉顺眼地迎合人家，就像耶稣会士们那样。

还有些狡猾的人，把真正要达到的目的掩盖在东拉西扯的闲谈中。我知道一位主管议事和文书的官员，他一有什么议案需要伊丽莎白女王签字时，总是先跟她谈些别的国家大事，这样她就不会对他的议案太过注意了。同样出人意料的办法还有：在对方正忙的时候突然提出某事，使他来不及多想就同意了你的意见。

如果一个人想要破坏一件事，而且生怕它被别人巧妙地提出而得到圆满解决的话，那么最好是假装自己也希望它成功，并且由自己亲自提出来，只不过提的方式是为了引起人们的反感，以达到相反的效果。

与人交谈时，说到一半突然打住，似乎不愿再说下去，这样更能激起对方刨根问底的兴趣。因为，当别人以为某件事是他从你口中套出来的，而不是你自己主动说出来的，他会更乐意相信这件事。你可以设一个诱饵引他发问。譬如，装出一副异样的神情，给人家制造一个机会，

列举历史上一些著名人物的伪诈手段可以证明这种手段的有效和狡诈。【事实论证】

②耶稣会士，天主教耶稣会成员，一些成员专为教皇服务，做监视人们思想的密探。

让他来问你为何今日不同往常，就像尼希米[3]曾经做的那样。他对国王说："我从未在您面前这样忧伤过，只是因为……"

对于难以启齿或令人不快的事，最好先让那些无关紧要的人来引出这个话题，再让说话更有分量的人有意无意地插几句话，这样就会有人向他请教那些人在议论什么。就像罗马的纳西撒斯在向克劳狄一世报告皇后梅萨利娜和诗人西里斯私通时所做的那样。[4]

有些滑头的人不想把自己卷进所说的事中去，就会借用他人的名义，譬如："听人家说……"或"外面都传开了……"，我还知道有个人在写信时总是把最重要的事情写在最后的附言里，好像只是顺便提起一样。而另一个人，在说话时总是先跳过他最想说的东西，东拉西扯一番，然后再折回来，好像突然想起一件几乎已经忘记的小事。

有些人想对别人用计时，会假装对他们的到来大吃一惊，以引起人家的好奇心。他还会故意让人看见自己手里有一封信，或正在做些不寻常的事，为的是让人来问他，他再把想好的事说出来。

还有一些狡猾的人，先跟人说些悄悄话，等到别人学会了出

③尼希米，公元前5世纪的犹太领导人，古罗马统治下的巴勒斯坦南部朱迪亚地区长官。

④详见塔西陀《编年史》11卷29章~30章。（或参见《罗马十二帝王传》中的《克劳狄传》。商务印书馆版本。）

去说的时候，他再来倒打一耙。我知道，伊丽莎白时代有两个部长候选人关系良好，会在一起讨论政事。其中一个对另一个说：“在这个王权衰落的时代做部长真是吃力不讨好，我可没兴趣。”另一个原原本本地学会了，再去说给他的朋友们听，说在这个王权衰落的时代，他才没有理由去做什么劳什子部长。前一个人抓住他这句话，想办法报告给了女王。女王听了，大为不悦，以至于从此不再理会那人。

有一种诈术，在我们英格兰叫做“锅里翻猫”，意思是，甲对乙说的话，却诬赖成乙对他说的。老实说，这种发生在两人之间的事只有天知地知，要弄清楚谁是始作俑者还真不容易。

在引用事例的时候我们可以进行快速的评论，用括号的形式表现。【事实论证】

有的人善于用含沙射影的办法来抬高自己、贬低别人，譬如：“这种事我是不会去做的。”（只有那个人才会去做）就像提格林纳影射巴罗斯[5]将军时所说的那样：“他并无二心，只是为皇上的安危着想。”（他到底还是做了那事）。

有的人一肚子的故事，无论他想暗示什么，都会用一个故事将它暗含在内，这样一来，说的人更安全，而听的人则更津津有味。

有一种高明的诈术，是先暗示自己想听到的答案，再引导对方不知不觉地把它当成自己的想法脱口说出来。

⑤巴罗斯，罗马禁卫军统帅。提格林纳为同一时期的宠臣。

有的人在说出他们真正想说的事之前等待之久、迂回之远，真是让人觉得不可思议。他们东拉西扯、旁敲侧击，一步步向主题靠近。这需要耐心，不过效果还不错。

突然提出一个大胆的、出人意料的问题，经常会使人猝不及防地泄露心中的秘密。就好像有个已经改名换姓的人走在圣保罗大街上，[⑥]突然有人在身后叫他的真名，他就会本能地回头看一样。

狡猾的伎俩琐碎繁多，真是数不胜数，能把它们一一列举出来就好了。因为，如果让奸人冒充智者来招摇撞骗的话，祸害可就大了！

结束对上文具体的伪诈手段的描述，总结上文，引出下文。【承上启下】

不过，世上的确有些人，他们知道一件事从哪儿来，到哪儿去，却无法懂得其中的奥妙。就像一座房子，有宽敞的楼梯和入口，却没有一间像样的房间。因此，你可以看见他们对已有定论的事情高谈阔论，却不知该如何去审查或讨论一件未完的事。他们还惯于掩饰自己的无能，让人误以为他们是只善决断而不善切磋的人。这些人不是规规矩矩地把自己的事情做好，而是靠骗人过日子，就像我们今天所说的，在别人身上玩花样、讨便宜。不过，就像所罗门所说的那样：“深思熟虑才是智者，偷奸耍滑终是愚人。”

⑥指伦敦圣保罗大教堂附近。

·品读与欣赏·

生活中经常有一些狡猾的人占领上风，他们依靠自己的狡猾左右某件事的结局或者一群人的议论。有的时候我们能够发现这些人的伎俩，有的时候等到事情大白于天下的时候我们才恍然大悟。作者有着丰富的人生经验，对于各种各样的狡猾招数都能看穿，所以文章在论述狡猾的时候，用大量的篇幅介绍了那些常见的伎俩。我们读罢此文就好像跟一位年长的智者聊过天一样，从他那里得到很实际的人生经验。除此之外，作者在文章中也指出，这些狡猾的伎俩虽然能骗得了一些人，但是终究是自欺欺人的把戏。

·学习与借鉴·

1.论据充实：古老的箴言或者古老的智慧能够让人信服，原因是这些话千百年来经过时间的检验被人们认为是颠扑不破的真理，如果我们在文章中能够引用一些这样的话，这对于我们自己的论点无疑起到了很强大的支持作用。例如本文作者引用了一句古老的谚语“聪明不聪明，让他们到生人面前去试试身手”很好地佐证了作者上文的议论。引用这样的话除了本身就有强大的说服力之外，还能够让读者产生从众的心理，认为很多人都这样认为，那么这句话一定是有些道理的。

2.事例评价客观：对事例进行评价有很多方法，最常见的是叙述完一件事情之后写几句自己的评价。但是本文中作者评价一件事例的时候运用了快速的评价，就是一边叙述事例一边评价。作者采取括号形式，括号里是自己的话，这样读者读事例的时候就能够快速阅读到作者的评价，对于引导读者的思路有很大帮助，避免读者产生歧义。

二十、论自私

蚂蚁这种渺小的动物为自己打算是很精明的。但对于一座花果园，它却是一种大害。自私的人犹如蚂蚁，不过他们所危害的乃是社会。

人应当把私利之心与公共的利益理智地区分。而在为自己谋划利益时，不要损害他人，更不可危害君王与国家。

人像地球一样，难免总是要把自我之私利定作绕以旋转的轴心。但绝不要忘记，宇宙之万象还共有着另外一个轴心。对于一个君王，他也许有权这样做，因为他个人的利益也代表着国家的利益。而对于一个臣民，自私自利却永远是一种坏的品质。如果听任人们把一切事物都按照一己私利的需要加以扭曲，其结果必然会危害于国家和君王。

因此，君主在选择官员时决不能挑这种人，尤其不能让这种人独揽大权。一旦让这种自私的家伙得势，他们就可能为一己之私利而牺牲与公益有关的一切，成为最无耻的贪官污吏。他们的不公正，就好像在打保龄球时，首先将铅灌注其中而使之偏离球道一样。他们所谋及的不过是一身一家的幸福，所损害的却总是君王和国家。俗话有云："烧掉大家的房子来煮自己的一个鸡蛋。"而这正是一切谋逐私利者的本性。

然而可悲的是，正是这种人往往最容易取得君王的信任。因为为了达到利己的私欲，这种人会不择手段地献媚取宠，但一旦达到了他们自私的目的，其所作所为就会肆无忌惮。

自私者的那种聪明，应该说是一种极其卑劣的聪明。这是那种打洞掏空了房基，而在房屋将倒塌前就立即搬迁的老鼠式的聪明。这是那种欺骗熊来为它挖洞，洞一挖成就把熊轰走的狐狸式的聪明。这是那种在即将吞噬落入口中的猎物，却假惺惺地流下悲哀的眼泪的鳄鱼式的聪明。

但是，正如西塞罗①在评论庞培②时所说："只知自爱却不知爱人者终会引火而自焚。"正因为他们时时都在谋算怎样为了自己而牺牲别人，到头来命运之神却要使他们自身成为自我的祭品。要知道，纵使人再精于为自己谋算，却毕竟捆缚不住命运之神的翅膀啊！

·品读与欣赏·

我们都非常讨厌自私自利的小人，认为他们为了自己的利益不

---

①西塞罗（公元前106~公元前43），古罗马政治家，演说家。

②庞培（公元前106~公元前48），古罗马军事家。

顾一切，最不能容忍的就是这些人伤及别人的利益，自己却乐得逍遥。文章的作者在文章中也对这种小人进行了毫不留情的批评和讽刺。与作者的其他文章不同，这篇文章并没有辩证地看待自私的问题，而是一味地说自私的可恶，唯一说到自私稍微有些好处的恐怕就是承认自私的人有一些聪明，但马上又说这些聪明是一些极其卑劣的聪明，是搬起石头砸自己脚的聪明。可见作者对那些自私自利的人的恨之入骨。与作者其他文章相同的是，作者在论自私的时候并没有局限于个人的角度，而是扩大到国家社会的角度，从政治的角度来说这种人对于大局的危害，使得批判更上一个层次。

·学习与借鉴·

1.生动形象的比喻：大量使用比喻，把抽象的理论比成可看、可感、可触的具体事物，对于人们理解理论是十分有效的。这不仅对局部有些句子或者段落有效，对于整篇文章都是很有帮助的。这篇文章中作者就运用了大量的比喻，比如把自我中心主义比喻成地球自转，然后提醒人们地球不但自转还在公转，很好地解释了自我中心主义的狭隘。在提出论点的时候，作者也运用了比喻的方法，这样使得论点更加明确清楚，同时也增添了文章的趣味和文采。

2.论证方法得当：在论述一件事情的时候，可能会运用到各种知识，尤其是在论述一个道理的时候，需要找一些具体的事情来举例论证或者比喻论证，这时候就要尽量用自己熟悉的事情来论证。例如本文的作者在论及自私的时候，很自然地把论题引向了政治的领域，举例了在政治领域中那些自私自利的小人如何祸害国家和人民。如果你对其他的领域熟悉，完全可以把论题引入你所能掌控的范围。

二十一、论革新

刚出生的婴儿模样不好看，刚出现的新事物也一样，他们都需要慢慢成长。不过，那些初创家业的人例外，他们为家族带来前所未有的荣耀，而且通常比后代更杰出，所以祖先们的功绩（如果是好的）是很难通过模仿发扬光大的。

人性中的“恶”，不为世人接受却仍然存在，说明它有一种天生的动力，在持续过程中力量最强。而“善”，作为一种外加的道德动力，在起始时力量最强。

每一种药物的诞生，无疑都是一次创新。那些不愿用新药的人，最好别让自己染上什么新病。因为时间是最大的创新者，它不是带来新药，就是带来新的疾病。如果时间让事情变得越来越糟糕，而人类的聪明才智和各种建议都不能使它好转，那么结局将会怎样？

真的，习惯成自然的东西，也许不够好，却至少让人觉得合适。那些长期与人相伴的东西，似乎已成为人们生活密不可分的一部分。而新事物就很难这样和谐，即使它们更有用，对人的生活更有帮助，却会因为不合规矩而惹麻烦。而且，新事物就像是陌生人，容易得到赞美，却不容易被接受。

这些都有道理，如果时间能停滞不前的话，可时间偏偏永不停息。所以，顽固的守旧就像激进的革新一样，也会引起动荡和不安。对过去的时光崇拜得五体投地的人，只会成为现代人的一个笑柄。

因此，立志革新的人不妨以时间为榜样，明明是重大的革新，却做得悄无声息，让人在不知不觉中一点一点接受了它的变化。不然，你的新事物总让人一惊一乍，不是肥了东家，就是损了西家。得益的人把它看作是运气，只会谢天谢地；受损的人却把它看作是不公，会把你当成罪魁祸首。

还有，不要轻易拿国家大事做试验，除非是紧急情况下不得已而为之，或革新的好处已经显而易见。最好记住，是革新带来变化，而不是为了变化而革新，不能因为自己渴望变化而去革新，否则就是假革新。

最后再说一点，新事物即使不被拒绝，也会被当成可疑分子。所以，就像《圣经》里说的：“让我们在古道上站住环顾四周，如果发现更平坦、正确的道路，就走上去。”

·品读与欣赏·

作者并不是因循守旧的老顽固，在支持革新还是反对革新的问题上，作者旗帜鲜明地站到了支持革新的一方。但是作者的智慧让他的想法更为全面，作者在讨论革新为什么好之前，先把那些因为传统而美好的东西排除在外，然后笔锋一转，转向疾病这种人人讨厌的东西，用新的疾病和新药来说明革新的重要性。然后作者又论述了为什么人们普遍对革新持反对态度，从此引出如何革新才能避免人们的反对。全文思路清晰，一气呵成，给人一种势不可挡的观感。

·学习与借鉴·

1.巧妙营造气氛：有的时候长篇大论已经塞满读者的头脑，因此，读者接受文章中的论述也就变得困难起来，这个时候聪明的作者就会采用提问的方式让读者主动思考，推动文章的议论进行下去，同时也能很好地让读者有一个喘息的机会。这样的做法还有一个好处，就是拉近读者和作者之间的距离，就好比老师上课提问一样。本文作者就使用了这种方法，反而比长篇大论的效果更突出。

2.善于调动读者的兴趣：写作有一个常识，一般把重要的信息不是放在文章的最前面就是放在最后面。在将要结束一篇文章的时候，采用补充论述的方式，对于所补充的部分无疑是一种重点强调的作用。看似补充的是一件小事，但是由于作者在文章中提示这是最后一点或者还有一点没有提及，反而会引起读者的兴趣。需要注意的是补充论述的虽然是很重要的东西，但不是文章必不可少的论据或者论点，而是能够旁证文章论点的重要部分。这些重要部分既不适合长篇大论，又不可不说或者只是简单说一下，采用这种方式是比较合适的。

二十二、论迅速

做事时急于求成是最危险的。就像医生们所谓的“预先消化”或“过速消化”，只能使身体里堆满了各种吸收不了的半成品，不知不觉埋下疾病的种子。

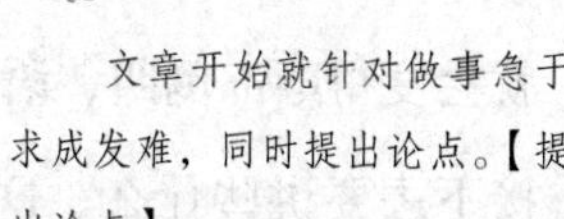

文章开始就针对做事急于求成发难，同时提出论点。【提出论点】

所以衡量是否迅速，不能光看办事的人休息了几次，而要看事情有了多少进展。就像在赛跑时，并不是步子迈得大、脚抬得高才跑得快，干事业的人也是一样。真正的迅速，是专注于目标步步靠近，而不是一次揽下一大堆事，贪多嚼不烂。

有些人为了显示自己速度快、效率高，一心只想赶时间、抢工期，就弄虚作假，谎报事情的正常周期。不过，同是为了节省时间，有的人用的是压缩的办法，在同样的时间里干更多的活；有的人却是用切割的办法，偷工减料，该花的时间不花，该做的事情不做。

事情常常是这样，退一步，再进几步，经过几次休整和磋商，在跌跌撞撞中前进。我知道一位智者，他看到人们急于求成时，曾经半开玩笑半认真地说：“停下来一会儿，我们才会更快到达。”

另一方面，真正的迅速是一件可贵的事。因为时间是衡量效率的标准，就像金钱是衡量商品的标准一样。做事拖拖拉拉，花的时间太多，就像是买东西时大手大脚，付出了大价钱。斯巴达人和西班牙人以办事拖拉著称。所以人们说：“让我的死神从西班牙来吧！”因为这样，他肯定能活得更长一些。

认真听来自现场的人介绍情况，而且宁可在他们发言前先提问题，也比在人家讲话时插嘴强，因为一个人的思路要是被打断，就会变得颠三倒四、语无伦次，因为他得重新回忆刚才讲到哪儿、接下去要讲些什么。这样，原本有条有理的讲话就会变得冗长乏味。所以有时候，不让人好好说话的人比说个不停的人更讨厌。

一般情况下，说重复话也是对时间的一种浪费，不过，对问题的要点反复强调，却是一种再好不过的争取时间的方法，因为它能堵住那些废话连篇者的嘴。

形象的比喻来源于作者对于这个理论的深刻理解。【比喻论证】

说话长篇大论、让人摸不着头脑的人，要想效率高，就像穿着拖地长袍、披着风衣还想跑得快一样。一个人说话时总忘不了提一提自己，不是先来段开场白，就是再铺垫铺垫，或者为自己辩护几句，这些都是对时间巨大的浪费。这些人看起来谦虚谨慎，其实是在故意出风头。不过人家如果心里对你有意见，你就得注意点，不能太直白了。因为成见总是需要一些开场白来消除的，就像热敷可以使油膏更好地渗进皮肤一样。在一切因素中，次序、分类和重点突出，是快速高效的生命的共性，只要分类不是太细就行。不会分类、没有辨别力的人，只能在门外张望，永远走不进去；而分类过细的人，却会陷入事务的泥潭拔不出来。

选择正确的时间就是节省时间，不合时宜的举动不过是拳头打空气——白费力。办事有三个步骤：准备、磋商和实施。如果你追求高效，那么在这三步中，可以只让众人参与中间这个步骤，而第一和第三步则交给为数不多的几个人去打理。

格言警句似的句子，引人深思。【语言凝练】

想好要说什么，并把要点写在纸上，经常能加快讨论的时间。虽然想好的东西可能会被全盘否定，可有所否定的会议总比漫无边际的东拉西扯有意义，就像燃烧过的灰烬比漫天飘来的灰尘更能使大地肥沃。

· 品读与欣赏 ·

作者在这篇文章中论述了什么才是真正的迅速。在论述这个问题之前，作者首先扫清障碍，先把那些看起来迅速或者忙忙碌碌的情况分析批判，最后说明这些并不是真正的迅速。作者点出了真正迅速的标准，就是善于利用时间，因为迅速是跟时间挂钩的，没有时间的衡量也就无所谓迅速或者不迅速。而那些看起来忙忙碌碌的人其实是在浪费时间，因为在做事之前，这些人普遍都没有做好充分的准备，从而使得自己做了很多无用功。中国的古语“磨刀不误砍柴功”说的就是这个意思。在论述完什么是真正的迅速之后，作者又进一步说了如何才能做到真正的迅速，就是把事物分类然后按顺序完成，其次就是把握好做事情的时机。而这些都需要很高的智慧。

·学习与借鉴·

1.抽象的问题具体化：这篇文章又给我们提供了一种写作方法，就是找到论题的内在逻辑。这篇文章讨论的是迅速，那么很自然地，迅速和时间是有关联的，换句话说也就是讨论人们如何才能有效地利用时间，节省时间。这样就等于把一个抽象的问题具体化，把一个复杂的问题简单化。我们写作之前如果能找到这样的内在逻辑，无疑会使得我们的文章看上去更有内涵和思想。

2.善于分析问题：没有一定的思考能力，具有再多的写作技巧也不能写出很好的文章。思考能力的提升并不是想象中的那么困难，任何人都有自己的思考能力，关键是能不能发现它。思考不是模仿别人，而是自己能够身临其境地体会这个问题，设计一个问题情境把自己置身其中，往往就会有意想不到的发现。这时候正是形象思维发挥作用的时候，有了灵感，再用逻辑思维把它们整合起来就可以写成文章了。

二十三、论貌似聪明

有一种说法，就是法国人实际上比看起来聪明，而西班牙人看起来比实际上聪明。且不论两个国家之间是否真的如此，人与人之间倒的确有这样的事。就像圣保罗在论虔诚时说，有些人是“神在脸上，不在心里”。同样，一些看起来聪明能干的人，却从没做过什么正经大事，正所谓“小聪明，大糊涂”。在明眼人看来，这些只重形式不重内容的人实在可笑。他们只会玩花招、耍手腕，在那些有思想、有见识的人面前做表面文章，简直就是一篇活生生的讽刺小说。

> 用一句俗语引出所要议论的问题，能够吸引更多的读者。【引出论题】

有些人说起话来很神秘，遮遮掩掩，欲言又止，不肯把他的那点货色痛快抖搂出来，除非是在暗处，否则似乎想永远把它藏起来。他们用这种方法谈论自己并不太明白的事情，人家还以为他们心里有数，就是嘴上说得不太明白。

> 以“有些人”开头的五段话形成排比并列的形式，造成文章全篇的语言气势，意在突出这样的人不在少数。【排比修辞】

有些人说话时喜欢用各种表情和手势来助阵，以为是聪明的标志。就像西塞罗笑话皮索[①]说话时的表情一样：“你一只眉毛扬到额头，一只眉毛弯到下巴，只为了说一句‘我不是个恶人’。”

有些人以为用堂皇的字眼说话，就没人能反驳；以为对自己做不到的事情，用理所当然的口气说，人家就会相信。

有些人一遇到超出自己想象力的事，就装出一副鄙夷的样子，或者把它说成是不相干的、稀奇古怪的玩意儿，似乎这么一来，他们就不是无知，而是不屑于知道了。

有些人对什么事都要发表不同意见，他们常常善于狡辩，把黑的说成白的，哄得人团团转。盖利斯[②]曾这样说他们：“这些疯子，在字面上打孔，坏了实实在在的大事。”柏拉图也曾在他的《普罗塔哥拉》[③]一文中，借普罗迪卡[④]之口将这些人奚落了一番。他让普罗迪卡发表了一篇演讲，这篇演讲从头到尾都在区分甲跟乙有什么不同、乙又跟丙有什么不一样，却不知道自己到底要说些什么。通常，这样的人在讨论中很容易站到反对的一方，他们以唱反调、强调困难而著称。因为如果提议被否决了，他们便可一了百了；而如果被通过了，就意味着有新的工作，这些假聪明、真愚蠢的人是成事不足、败事有余的。

---

①鲁基乌斯·皮索，凯撒大帝的岳父，曾任马其顿总督。

②盖利斯（约123~165），古罗马作家。

③普罗塔哥拉（约公元前480~公元前410），古希腊诡辩派哲学家。

④普罗迪卡（公元前465~公元前415），古希腊智者派哲学家。

总之，这些头脑空空者为了扮成聪明人，比任何一个破落户为了撑门面玩出的花样还要多。貌似聪明的人也许能骗取别人的好感，但是最好谁也别请他做实事。因为论起做事来，即使是一个有点荒诞不经的人，也比假正经的人要强。

以“总之”结束上文论述的几种人，然后结束文章，干净利落，结构整齐。【结构整齐】

·品读与欣赏·

生活中有一种人看起来貌似聪明，其实却是成事不足，败事有余的家伙。这些人很善于伪装自己的愚蠢，把自己伪装成一个无所不知、无所不能的智者，这是为了虚荣、炫耀或者某种利益。作者的这篇文章就是针对这样的人，并且把他们各种各样的做法都列了出来，用排比的方式，让人一清二楚。貌似聪明的人如果被揭穿就不会对其他人造成任何伤害，但如果被他们蒙蔽，将他们委以重用，那么就会造成恶劣的结果。作者在文章最后也呼吁大家，不要请那些装扮成聪明人的人做事，那些人甚至还不如一些有点儿荒诞不经的人。作者也点出了这种人伪装的花样繁多，提醒大家注意。

·学习与借鉴·

1.精彩的开头：一篇文章的开头至关重要，因为一般读者读文章都是从前读到后。一篇文章开头的好坏往往决定了读者对这篇文章的印象。文章的开头还有一个关键的作用就是吸引读者往下阅读，吸引的方法很多，而提出一个所有人都熟悉并且关心的热点话题则是很巧妙的办法。这篇文章就在开头对西班牙人和法国人作了对比，对于英国人来说，与其他民族相比较，永远是有趣并且长盛不衰的话题。作者从这里谈开，读者就会很容易阅读下去。

2.结构清晰：清晰的结构让一篇文章具有形式的美感和逻辑的力量。这篇文章是典型的三段式论述结构。文章第一段提出论点：貌似聪明的人只会耍花招，没有任何用处；然后下面分别罗列五段，每一段的形式相同，都以“有些人”开头，作为文章的论据部分，作者把这些耍花招装聪明的人的把戏展示给大家看，就是为了证明这些人的无用；最后一段，总结上文，结束全文，回应文章开始的论点。

二十四、论友谊

“喜好孤独的人，不是野兽便是神灵”，[①]说这句话的人，要想在别的只言片语里同时包含更多的真理与谬误，还真有点难。因为，如果说人对社会有一种天生的、隐秘的厌恶与憎恨，多少有点兽性，这是千真万确的话。那么说这种孤独的天性中有神性的成分，那就荒谬至极了，除非这种孤独避世不是出于享受孤独的乐趣，而是出于对清修的热爱与追求。

不过，很少有人知道孤独是什么，它有多大的影响力。如果没有爱，人群之中依然孤独，脸孔再多也不过是一屋子的肖像画，七嘴八舌只当是铙钹聒噪，一句拉丁谚语道出了几分真谛：“一座城市就是一片荒原。”因为在大都市里，朋友们彼此离散，几乎没有小地方那种抬头不见低头见的亲近关系。我们还可以进一步断言，没有真心朋友的孤独是最纯粹、最悲惨的；没有真正的朋友，世界也不过是一片荒原。我们甚至可以这样说，那些生性孤独、

①出自亚里士多德《政治学》。

不适合交朋友的人，他们的性情更近于兽，而不是人。

友谊的一个主要功效，是可以宣泄和释放一个人心中郁结的各种情绪，我们知道，闭塞和窒息引起的各种疾病是最危险的，不光对身体如此，对精神也是一样。你可以用撒尔沙通肝，磁铁粉通脾，硫磺花粉通肺，海狸香通脑，但却没有一种方剂可以通你的心灵，除了真正的朋友。你可以对他倾诉你的悲伤、快乐、恐惧、希望、猜疑、想法以及任何压在你心头的秘密，仿佛是教堂外的另一种忏悔。

用帝王的例子论证，帝王虽身份高贵，但是得到友谊也不是那么容易的事，证明友谊难得。【事实论证】

多少伟大的帝王都想要摘取友谊的果实，很多时候不惜付出高昂的代价，甚至是自己的生命安全和一生的荣誉。因为君王们的身份地位与他们的臣仆相去甚远，本来是享受不到友谊果实的。除非他们为了得到平等的友谊，将某些人提升到几乎与自己平起平坐的地位，消除了身份地位的障碍和不便，从此相伴左右。

现代语中给这些人起了个名字，叫“宠臣”或“密谈者”，似乎他们得到君王的友谊，只是因为善于邀宠或会说话似的。还是他们的罗马名字更能说明问题——“君王的分忧者”——这才是他们的真正作用和这种友谊的由来。我们可以清楚地看到，这样的事不但会发生在性格脆弱、感情丰富的君王身上，还会发生在有史以来最贤明、最有政治头脑的君王们身上。他们经常把自己与某些臣仆联系在一起，称他们为“朋友”，也允许人家以同样的方式称呼自己，言谈之间不像是君臣，倒像是私人朋友的关系。

如果他们都是像图拉真或马可·奥里利乌斯一样的君王，[②]我们也许可以认为，他们的友谊是出自一颗友善的心。可他们是如此的英明神武、威严自重，这就清楚地表明，一个人即使拥有天底下最高的地位、最大的财富，也会觉得有遗憾，除非他们找到了一个真正的朋友，他的幸福才会变得完整，再者，这些君王们都是有妻有子有侄甥的人，可所有这一切都代替不了友谊带来的安慰。

毕达哥拉斯[③]有句格言，虽然不易理解，却不无道理。他说："不要啃你自己的心。"的确，把它换成一句不那么像格言的格言，就是："没有朋友可以敞开心扉的人，只能像食人族一样啃啮自己的心灵。"

友谊最令人称奇之处（我将用它来总结友谊的第一个功效）在于，一个人向朋友倾吐心声能起到两种相反的作用：把快乐告诉朋友，快乐就会加倍；把忧伤告诉朋友，忧伤就会减半。因为，朋友能分享你的快乐，从而

格言警句式的句子，让读者读完过目不忘，句子简单明了、寓意深刻。【语言凝练】

②图拉真（约52~117），罗马皇帝，以怜悯穷人著称。马可·奥里利乌斯（121~180），罗马皇帝，斯多葛派哲学家。

③毕达哥拉斯（约公元前580~约公元前500），古希腊哲学家、数学家。

使你更快乐；也能分担你的忧愁，从而使你的忧愁减轻。

所以，友谊对于心灵，就像炼金术士的点金术对于顽石一样。它虽然有两种相反的作用，却都对人性有益。即使没有炼金术士的法宝相助，我们也能在自然万物的发展中发现这个显而易见的规律。自然界中，物质通过结合增强力量、改善功能；反之，也会由于分裂而变弱、变钝。人心也是如此。

如果说友谊的第一个功效是使人重情重义的话，它的第二个功效就是使人头脑健全、明辨是非。它不仅能使人远离情绪的狂风暴雨，享受风和日丽的好心情，还能让人的头脑走出混沌和黑暗，进入理性和光明。我们不应该仅仅把友谊的意义理解成：一个人可以从朋友那里得到忠告。即使他并不需要什么忠告，也仍然需要朋友。在与他人的交流和谈话中，一个脑子里千头万绪的人会变得思路清晰起来，从而准确地说出自己的想法，并说得有条有理、头头是道。思想在变成语言后才能变得更清楚，人们因为交流而变得更聪明。有时候，一个小时的谈话，比一整天的苦思冥想更能使人豁然开朗、智慧大增。

这第二种功能，即启迪智慧的功能，不仅限于那些能提供建议的朋友（当然，这样的朋友是最好的）。即使没有什么好的建议，朋友也能使我们在交流中了解自己、发现自己的真实想法，从而思维变得活跃，就像在粗钝的石头上将刀刃磨得锋利点一样。总而言之，一个人的思想，就算是说给一座雕像、一幅画听，也比闷在心里让它窒息强。现在，让我们再来为友谊的第二个功效补充一点，那就是谁都知道的——朋友的忠告。在赫拉克利特④说过的谜一样的妙语中，有这样一句话：“干巴巴的光线是最亮的。”的确是这样，他人的意见之光是干燥的、没有水分的，比自己的想法更直接，因为自己的理解和判断，难免混杂着个人情感，并深受个人习惯的影响。所以，朋友的意见与自己的想法区别之大，就好比朋友的忠告与奉承者的谎话之间的区别。因为再没有比自己更会奉承自己的人了，也没有什么比朋友的直言不讳更能治疗一个人自欺欺人的毛病。

忠告有两种：一是关于你的德行，一是关于你的事业。

关于第一点，要使你的心智永葆健康，最好的药方就是朋友的直言相劝。严厉的自我反省是一剂猛药，对自己过于尖刻，有时会腐蚀自己的信心，容易使人沉沦。谈论道德伦理的好书，读起来有些乏味、死气沉沉。通过观察别人而发现自己类似的缺点，有时并不准确。而最好的药方（我说的最好，是指最有效、也最容易服用），莫过于朋友的劝告。

在括号内强调“最好”一词，有助于读者的理解准确。【用词准确】

奇怪的是，总有许多人（尤其是那些大人物），由于不听朋友的规劝而犯下大错，做出让天下人耻笑的事，既坏了自己的名声，

④赫拉克利特（约公元前 530~ 公元前 470），古希腊哲学家。

又危及自己的地位。就像圣雅各所说的:"他们这些人，刚照了镜子，就忘了自己的嘴脸。"

至于事业，人们也许会说，两只眼睛看到的并不比一只眼睛多，一个赌徒看到的总是比一个旁观者多，一个发怒的人和一个冷眼旁观的人一样聪明，一支火枪托在臂上和放在架子上一样打得准，或是诸如此类狂妄而愚蠢的想法，以为自己真能以一当十。不过说归说，要想让事业一帆风顺，还是离不开朋友的良言妙计。

如果有人打算听听别人的意见，但却不肯把自己的问题原原本本地讲给人家听，而是在这一点上问问这个人，那一点上又问问另一个人，这样好倒是好(我是说比完全不听别人的意见要好)，不过会有两种危险：一是这种支离破碎的问法可能使你听不到负责任的建议，除非你问的是一个对你非常了解又非常忠实的朋友，否则很可能被某些人出于自己的私利将错就错，假装误会你的意思，然后故意给你出歪主意。另一种危险是对方虽然出于好心，却提出了危险的、有害的建议，这建议一半是治病的良方，一半却是害人的毒药。就好比你去看医生，据说是治这种病的专家，可是却不了解你的身体状况。他也许能治好你的这种疾病，但却在别的方面损害了你的健康，结果可能是治好了病，却害死了人。

而一个对你的境况了如指掌的朋友则不然，他会在帮你推进眼下事业的同时，小心不给你造成别的麻烦。因此，不要依靠那些支离破碎的意见，它们只会误导你，使你的想法变得更混乱，而不是为你指明方向，使你更专注于自己的目标。

谈了友谊的两种可贵之处（感情上的安抚、理智上的支持），再来说说友谊的最后一样好处。友谊的好处就像石榴里的核，数也数不清。我的意思是说，友谊会时时处处与你同在，在需要时助你一臂之力。它的好处如此之多，要想一一展示给世人，最好的办法就是想一想，一个人有多少事情是自己做不到的。然后，你就会发现，古人说“朋友是另一个自己”时，还是有些保守的，因为朋友远远不止是另一个自己而已。

过渡段落，前文说友谊的两样好处，这段说友谊的最后一样好处，让文章显得结构整齐。【过渡】

一个人的生命有限，很多人还没办完心中的几件大事就死了，比如，子女还没成人、工作还没完成，等等。而如果他有一位真正的朋友，就大可放心这些事在他身后都会有人照应了，也就是说，在达成心愿上，这个人就能延续他的生命。

一个人只有一个身体，这个身体只能呆在一个地方。但是只要有朋友，所有非办不可的事情就有了着落，因为有朋友可以代劳。我们碍于面子或人情，有多少事情是自己下不了手、有多少话是自己张不开口的？一个谦虚谨慎的人，不能自己夸自己，更不要说为自己歌功颂德了。有时候，我们也很难抹下面子去求人。这样的事还有很多。不过，这一切从自己嘴里说出来让人脸红难堪，可从朋友嘴里说出来却丝毫不失体面。

还有，每个人都有很多推卸不掉的身份关系。一个人，要以父亲的身份对儿子说话，以丈夫的身份对妻子说话，以凛然不可侵犯的语气对仇敌说话，很多时候都是身不由己。而由朋友出面，却可以就事论事，不必像自己一样碍于身份关系说些言不由衷的话。友谊的好处是数不清的。我已经说了，有一条规则就是：你有多少不能自己去做的事，友谊就有多少好处。人如果一个朋友也没有，也就该退出舞台了，因为人生这出戏他已经唱不下去了。

文章最后再次强调友谊的原则，结束全文。【前后对照】

·品读与欣赏·

友谊是人世间最美好的感情之一，很多人终生渴求一份真诚永恒的友谊而不得，作者也在文章中指出，即便是皇帝在追求友谊方面也是无能为力。作者在文章开头首先驳斥了那种认为喜爱孤独的人是神圣的人的想法。有很多人认为孤独是人生的最高享受，而现实是，当孤独来临的时候，很多人因为忍受不住孤独而变得狂躁和虚无。可以说，孤独是圣人的奢侈品。对于我们凡人来讲，还是按照文章所说的那样，有几个知心的朋友比较好，即便是一个人真的能享受孤独，有几个朋友也是很好的一件事情。正如作者所说，人们生活在现实社会中，难免有很多不便，有朋友则会避免很多这种不方便。

·学习与借鉴·

1.委婉得体的评论：在一篇议论文中，有时候需要对别人的看法或者说法评论。当这种评论是负面的时候，就要注意文章的措辞。委婉的措辞能够更让人接受你的说法，学会修饰自己的评论，是和人进行讨论或者评价别人必要的修养。本文作者在文章的开头就表现出了这种修养。

2.事例典型：在说明一个道理的时候，有时候一些中庸的例子，或者模棱两可的例子，虽然能够起到解释说明或者支持论证的作用，但是远不如那些极端的典型的例子更能说明问题。在论述友谊的必要上，作者用人人羡慕的帝王来论证，让人觉得即使是帝王也在苦苦追求友谊，而大多数时候也并不能如愿以偿，这要比举普通人的例子更有说服力。我们在写作的时候如果手头有这样的例子，一定要充分利用。

二十五、论消费

金钱是供消费的，而消费应以荣誉或行善为目的。因此，各种消费因其目的不同而区别着高下。如果是为了国家利益，就值得倾家荡产，正像虔诚的信徒为进入天国而献出一切那样。

但是，日常的消费应以个人的财力为制约。支出决不能超过收入。要管理得当，谨防被家仆所欺骗。同时力求以低于估计的支出，收到高于它的效益。毫无疑问，要想使自己收支平衡，应把一般的花费控制在收入的一半以下。而如果想变得富有，那就只应消费收入的三分之一以下。

即便你是一个大人物，自己动手管理自己的财产也并不会有失身份。有些人不愿这样做。也许未必是不把财产系挂于心，倒可能是怕因检点它而发现自己已破产，引起无穷的烦恼。然而你不找出伤口来，又如何能医治呢?

不会当家的人一定要雇用得力的帮手，并且最好经常更换。因为新人往往比较谨慎。过问家计不多的人，至少应对财产的收支大数做出总的计划和安排。

一个人在某一方面开销大，就必须在另一方面有所节制。比如在吃喝上花钱多，就应在衣着上节省，在住房上讲究就应减少在马厩上的花费。处处都大手大脚，将难免陷于窘境。

偿还债务时，不要急于一下还清。否则与久欠不还同样有害。一次还清债务的人还可能重走借贷的老路。因为他们一旦发现自己轻易摆脱了债务的负担，难免又会旧病复发。而一点一点地偿还债务，会使人养成节俭的习惯，这无论对他们的心灵还是财产都会有益处。要维护自己的尊严就不能不计较小节。减少自己零星的花费要比低三下四地谋求小利更为体面。对待自己的开支应该始终小心翼翼，但对那些一次性的开销倒不妨大方些。

· 品读与欣赏 ·

我们生活在一个商品社会，我们也许一生都要面对金钱和财务的问题。培根的这篇文章很好地为我们如何支配财务，如何对待金钱指明了方向。与现在社会普遍倡导的不同，作者认为支出应小于收入，并且还具体到是收入的二分之一还是三分之一。应该像现在社会倡导的今天花明天的钱，还是应该合理支配你的财务，读者可以在现实生活中自己体会。相信有过理财经验的人都会偏重于选择后者，这也是千百年来颠扑不破的真理。这篇文章还论述了一些其他有关财务的问题，所说的都是作者的经验之谈，并且非常诚恳实在。这是这篇文章的可贵之处。

·学习与借鉴·

1.贴近实际：有些问题，尤其是社会问题，与人们的心理是息息相关的，这样的情况下，分析人们的心理就是一个很好的思考方向。本文的作者就为我们做了一个很好的示范，对于那些不善于管理自己财产的人，作者分析了他们的心理，问题一下就豁然开朗了。

2.点明主题：有时候点明主题过于明显，会显得文章的目的性过强，从而影响文章的说服力，而这篇文章却把主题隐藏在一般的论述当中，在字里行间潜移默化地引导读者的思路。文章没有长篇大论地教育人们应该如何节俭，只是简单地说了应该如何处理财务问题，在论述这些问题的时候作者把节俭的思想灌输其中，把思想的原则贯穿于实际的方法之中，这才能更好地让读者体会到文章的中心思想。

二十六、论强国之道

一次宴会上，有人想请西米斯托可斯①演奏竖琴。他说："我不会弄琴，我只会使小邦变成大国。"这话用在自己身上未免太张狂，可用来评价或批评别的政治家，却是严肃而明智的。一个小小的比方，就道出了从政者的两种截然不同的才能。

因为，如果认真考察一下各国的政治家和谋士们，你会发现不会弄琴、但会把小邦变成大国的人真是少之又少，多的是那些琴艺高超却压根儿不懂强国之道的人。他们有一种相反的才能，就是使一个繁荣富强的国家走向没落和衰亡。

的确，很多谋士和政客正是凭着种种使人堕落的伎俩和手段，博得主子的欢心和民众的敬意。对这些人，除了叫他们"弄琴者"，再没有什么更好的名字了，因为这些伎俩只能暂时娱人耳目，为自己带来好处，而对于他们所供职的国家的进步和昌盛

①西米斯托可斯（约公元前527~约公元前460），雅典政治家、军事家，曾说服雅典人建立海军。

却毫无益处。当然，也有些谋士和官员是有能力的。他们治理国家，使政务不致出轨或陷入明显的麻烦中，但却远远谈不上兴国安邦之才，因为他们无法使一个国家蒸蒸日上，变得国力强盛、国运昌隆。

不管是投机取巧，还是碌碌无为的政客，都随他们去吧，还是来谈谈我们的事业本身，也就是，真正的大国风范和强国之道。这个问题值得雄才大略的君王们多多考虑，以免因为高估自己的力量而迷失在好大喜功的虚妄中，或因为低估自己的力量而听信那些胆小、怯懦者的建议，从而有损自己的威名，一个国家的领土是可以测量的，财政收入是可以计算的，人口是可以统计的，城镇的大小和数量，也是可以通过画图和制表来体现的。然而，在这所有的民政事务中，没有什么比评价判断一个国家的国力更容易出错了。基督把天国比作一粒小小的芥籽，而不是硕大的坚果或果仁，就是说，一粒最小的种子，也能在条件成熟时迅速生长、撒播开来。国家也一样。一个幅员辽阔的大国，也可能死气沉沉，无力扩大疆域、号令群雄；而小得几步就能走完的国家，也许正在为成为一个强大的帝国奠基。

战车、骏马、巨象、固若金汤的城池、堆积如山的军火库等等，有可能不过是披着狮子皮的绵羊，除非国民的体格强壮、尚武好战。这些还不够，如果人民没有勇气，那么军队再多也无济于事。因为就像维吉尔②说的那样："羊群再多，也吓不着一只

②维吉尔（公元前70~公元前19），古罗马诗人。

狼。”历史上是两军对阵勇者胜的例子多的，在人数与勇气之间，胜算总是偏向有勇气的一边。我们可以诚实可信地说，一个勇猛善战的民族，是一个国家的强国之本。

市井百姓们以为，金钱是战争的动力，就像肌肉是人的力量源泉一样。可对一支贪生怕死的军队来说，再多的金钱也推不动他们，就像一个软弱无能的人，再多的肌肉也生不出力量。

因此，一国之君或政府的首脑们别对自己的国力过于乐观，除非他们拥有一支骁勇善战的军队。另一方面，有了尚武好战的臣民，君王们还得清楚自己的力量是否能够驾驭他们，除非他们还有别的什么弱点。至于那些请来帮忙的雇佣军，所有的例子都表明，政府或君王如果依靠他们，也许能暂时添上一对翅膀，但它很快就会让你铩羽而归。

犹大和以萨迦的命运是决不会相同的，[③]而一个国家或民族也不会既是负重的驴子，又是勇敢的狮子。同样，被苛捐杂税压弯了腰的人民也是不可能英勇好战的，不过，经过国民同意而收的税，就不会太打击他们的勇气，就像那些低地国家，如荷兰、比利时、卢森堡所做的一样。英国的特种税，譬如给国王的特别津贴，从某种程度上来说也是这样。因为，必须注意，我们这里说

---

③犹大、以萨迦均为《圣经·旧约》中雅各的儿子。雅各对两个儿子各有祝福。他将犹大比作“小狮子”“公狮”和“母狮”，在他的支派中将诞生君王、掌权者和基督；又说以萨迦“是个强壮的驴”，甘愿成为受苦的仆人。这里的“犹大”并非《新约》中出卖耶稣的“犹大”。

的是情感，而不是钱包。所以，同样的税金和贡赋，是自愿上缴还是强行征收，对于钱包来说都一样，而对于情感的作用却大不相同。

要想国富民强，就得小心别让贵族绅士阶级膨胀得太快。因为贵族老爷们太多了，会使农民失去土地、工匠失去财产，而沦为他们的佃农和劳工，从此变得灰心丧气。所以，如果一个国家的贵族绅士太多，百姓就会变得卑贱，以至于百里挑不出一个适合戴盔甲的，更不必说军队的血脉——最需要勇气的步兵了。

要想说清楚这一点，最好的办法就是将英法两国做个比较。英国虽然在疆土、人口方面远不如法国，却是历次战争的赢家，原因就在于英国的士兵多来自于自由而勇敢的中产阶级，而法国的士兵则多是自轻自贱的农奴。还有一点（据我所知，几乎是英国独有、别处难寻的，只除了波兰也许有一些类似的情形）是不容忽视的，就是英国的贵族绅士们的仆人都是自由人，他们打起仗来决不会比任何自由民差。

无论如何，尼布甲尼撒二世梦中帝国之树的树干必须强大到足够支撑茂盛的枝叶才行，④也就是说，对一国之君或政府来说，土生土长的臣民对外来的或附属国的臣民之间，必须在人口比例上保持一个充分的优势才行。因此，凡是开明地对待外来人口，

④据《圣经·旧约》记载，巴比伦王尼布甲尼撒二世梦见了一棵大树，忽有一天梦见大树被砍，先知认为这是亡国的预兆。

并善于同化这些异族人的国家，都是能成为帝国的。因为，若以为一小群人，只要有无与伦比的勇气和谋略，就能征服世界上任何一片广袤的土地，那么一时的占有只会带来突然的覆灭。从没有一个国家像罗马这样对外族人敞开胸怀，欢迎他们成为本国的一员。于是，他们终于成了世界上最伟大的帝国。你可以说，不是罗马占领了全世界，而是全世界跑到罗马去了，这才是真正的强国之道。

无疑，在室内坐着干的活，或过分精巧的手艺活（更需要灵巧的手指而不是强壮的胳膊），本质上是与好战的性格相冲的。一般来说，好战的民族都有点游手好闲，他们热爱冒险而不是工作。要想保持这种精神和活力，就不能过分改变他们的民族习性。

一句话，没有强大军事力量的国家，就只有指望天上掉馅饼落在嘴里，从此变得国富民强。而另一方面，历史的预言是最可靠的，它告诉我们，那些长期在军事上占领先地位的国家（如罗马和土耳其），确实建立了不可一世的奇功。而那些仅仅在某一时期尚武的国家，通常也在那一时期变得强大，即使军事力量渐渐衰退，这种强大的国力也能保持相当长一段时间。

· 品读与欣赏 ·

一个国家的强大需要很多条件，在古代的时候，一个国家的君主往往成为决定因素。如果这个国家的君主是一个明君，是一个野心勃勃的尚武的帝王，那么这个国家多半会是一个强大的帝国，四处征战，立下赫赫战功。而一个国家的君主如果过度热爱艺术，就会变得优柔寡断，在大事面前裹足不前。作者在文章中就论述了这样的君主，对于音乐十分在行，但是对于自己的本职工作——管理国家却是个门外汉。在作者看来，军事力量是一个强盛国家必不可少的。作者是站在欧洲国家的历史上来总结的，事实上，历史上有很多国家并不是通过强大的武力来达到强盛的，最明显的例子就是我国的唐朝。

·学习与借鉴·

1.灵活运用论据：对于文章中一个好的论据不妨反复使用。反复使用并不是在文章中反复引用，而是在引用完一遍之后，在论述过程中反复分析。这个分论点分析这个论据，其他分论点同样分析这个论据。这样不但不会削弱论据的论证效果，反而会增强这个论据的份量。作者在文章的开头就引用了一个古代小故事，然后在后面的文章中几次提到这个故事，让人对这个故事蕴含的寓意有了充分的理解。

2.结构清晰：一篇文章我们通常要论证几个小问题，从而达到证明一个总问题的目的。也就是我们平时所说的分论点和总论点的关系。在分论点之间要能分清哪些分论点是论述的重点，哪些稍微论述一下就可以。对于那些重点论述的，不但要在篇幅上占有一定的量，而且还要把这个分论点的理论渗透到全文，让全文都贯穿这种思想或论调。本文认为武力是强国的最重要的条件，所以文章很多部分作者都在强调武力，文章的最后作者也总结了武力的重要性。

二十七、论健康

人的健康长寿并不完全取决于医学，懂得养生之道、趋利避害，才是最佳的保健药品。面对某种嗜好，认为“它不利于身体健康，因此我要戒除它”，要比认为“它对身体似乎没什么害处，随它去吧”安全得多。青少年时代养成的各种不良嗜好就如一笔债务，等到年纪大的时候是要偿还的。要留心自身年龄的增长，岁月不饶人，不要以为自己一直可以做年轻时做的事。不可突然改变饮食结构，如果一定要改变的话，一定要注意合理搭配，全面地调整。因为自然界及社会事务上有条规律，就是全面改革要比局部改革效果好。要注意自身的饮食、睡眠、运动等习惯，循序渐进，逐步戒除对身体不利的习惯，使身体适应新的生活方式。

开篇明确提出论点：人的健康长寿在于养生。【提出论点】

心情舒畅、精神愉快是健康长寿的一大秘诀。要特别避免以下几种心理：嫉妒、焦躁、憋在心里的怒火、郁闷难解的思索、过度的狂欢、内心的悲痛等。人应当充满希望，保持愉快的心情、充沛的精神状态，并培养高尚的志趣，如通过阅读历史、格言或观察自然来提升品位。

没病时不可随便吃药，否则到了生病时，药物就不起作用了。对于治病而言，其实调整饮食要比服药来得好。不要忽视各类小毛病，要防微杜渐。生病的时候要努力恢复健康，健康的时候要注意锻炼。那些从事体力劳动的人，在生病时只要稍加调养就可恢复健康，这说明锻炼是非常重要的。

古人有一种养生之道，就是把各种相反的习惯都练习一下。我觉得还是要侧重有利于健康的习惯。比如，饱食要比节食好，睡眠要比失眠好，运动要比静坐好。当然古人的方法也有一定道理，多方面的锻炼可以提高人的适应能力。

有的医生很迁就病人，有的医生过于严谨，这两者都不能迅速治愈疾病。理想的医生应该是介于这两者间的性情适中的人。还要注意，选择医生的时候，不能光注重名望，要记得请那些最了解你身体状况的医生。

> 前文讲如何养生，这里讲如何就医，两方面都是健康不可或缺的，表现出作者论述问题很全面。【前后照应】

·品读与欣赏·

健康是人生一笔宝贵的财富，很多人终生追求健康却走火入魔。我国古代有些帝王就是相信人能够长生不死，追求神仙丹药，结果反而早早就死了。而那些淡泊明志，清心寡欲的人往往能够在不知不觉、毫不费力的情况下得到健康。这就说明人的健康和心理是有很大关系的，保持一个良好的心理是身体健康的最大保证。本文作者也从心理和身体的角度来探讨健康问题，后又说了健康和饮食、健康和锻炼、健康和就医之间的关系。虽然文章不长，但是字字句句都是作者的经验之谈，并且很有实用价值。

·学习与借鉴·

1.语言通俗：有些议论文并不是为了证明某种理论，也不是为了说服某些人群，而是为读者提供一些建议，这些建议用议论的形式写下来更让人感觉是作者在跟自己聊天，更加平易近人，这篇文章就是这样。作者在论述健康的时候笔调明显趋于平缓，好像是在一个友好、平等的关系下和读者促膝长谈，好像是一个生活经验丰富的智慧长者在跟读者谈人生。这就提示我们在写文章的时候，营造一种语言气氛是十分重要的。

2.贴近生活：我们经常会注意自己议论文章中的感情，认为最好别添加个人感情在里面，这样的文章才能做到客观、真实、可信。但是事实往往不是这样，一篇好的议论文章是脱离不了恰当的感情的。有的文章需要激昂的情绪，有的文章需要平静的情绪，有的文章需要一种审慎的客观等等，都需要根据文章的内容而定。在这篇文章中作者就用一种平静的情绪在论述，在这种情绪下，作者笔下的文字也变得更加平和睿智了。

二十八、论猜疑

心中的猜疑就像蝙蝠，它们只在昏暗中乱飞，因此要压制或至少节制猜疑。猜疑会使人精神恍惚，朋友疏远，生意萧条。猜疑会使君王施行暴政，丈夫心存妒忌，智者优柔寡断。猜疑是种脑疾而非心病，因为即使像英王亨利七世那样天性稳健的人也会产生猜疑。世上再没有比他更稳健但也疑心更重的人了。不过对于像他这种气质的人，猜疑不会有大的危害。因为他会慢慢考查这些猜疑的可能性，而不是贸然相信。怕事者多忌，无知者好疑。正因为知道的少才会产生猜疑，所以要想消除猜疑，一定要多多了解情况，而不是压抑疑念。

> 三个连续的反问句增强了文章的语言气势，充分表达了作者对于人们不理智行为的不理解。【反问修辞】

人们到底在追求什么呢？难道他们觉得与自己交往的都是圣人么？难道他们认为这些人不会为自己打算么？因此，缓和疑虑的最好办法是先假定这些猜疑是真的，然后一一排除。因为人需要有防范意识，如果所疑是真，则远离其害。

自己心里产生的疑虑只是蚊子的嗡嗡声而已，而旁人传入耳中的流言蜚语则如蜜蜂的毒刺。当然消除猜疑的最好办法是与猜疑对象坦诚相见，这样可以让对方明白事态的发展，慎重处理，不再进一步引发猜疑。不过这种办法对于品质低劣的人是行不通的。因为他们一旦发现自己受到怀疑就不再忠实。意大利有句话："疑心放走忠心。"疑心似乎是本出国的护照，让忠心远走高飞，而事实上疑心应当是支蜡烛才好，它点燃忠心之火，让猜疑化为灰烬。

·品读与欣赏·

猜疑是人们情绪中最为阴暗的一种，它经常跑到你的脑子里隐隐发作。当你面对一件难以抉择的事情时，各种猜疑就接踵而至，在你眼前飞来飞去，扰乱你的判断，让你错误地做出决定。有时候当涉及到自身利益的时候，猜疑也会出现，假装帮助你，为你好，其实正是它——猜疑，让你失去了朋友，失去了信誉。所以最好做事前要想好，决定了的就不再怀疑。作者也指出了治猜疑的好方法，就是尽可能地掌握事情的真实情况，如果你一味地躲避，是躲不开的，因为它就在你的脑子里。

·学习与借鉴·

1.巧妙运用修辞：议论文中语言的气势是很重要的一方面。增强文章的气势要从增强句子的气势做起。增强句子的气势的方法有很多种，而用反问句就是一个很好的方法。本文第二段开头就用了三个连续的反问句，三个连续的反问句形成排比的方式，无疑更增强了文章语言的气势。文章有气势的一个好处就是传达一个信号，让读者认为作者对于自己的论点是十分自信的，而这种自信可以感染读者，让读者随着这种自信接受你的论述。

二十九、论言谈

很多人认为善于辩论是口才好，而不明白善于辨别是非才更值得赞赏，在他们眼里，似乎言谈比思想更值得夸赞。有些人老是陈词滥调，这种平淡乏味的谈话令人生厌，一旦被人发觉，则成为笑柄。

言谈中最可贵的是能够引发话题并控制谈话的节奏，犹如舞蹈中的领头人物。谈话内容最好能够灵活多变，并且能加入到辩论中去，你一言我一语，夹叙夹议，以理服人，幽默而不失认真。若过度谈论一个话题，则会让人疲倦厌烦。至于幽默的话，在以下几种情况中是不能乱用的，它们是：宗教事务、国家大事、重要人物、手头要事、慈善事业。而总有一部分人觉得不能埋没自己的聪明才智，说话尖锐辛辣，让人心伤，这种脾气一定要改改。就如古代骑术中所说：多拉缰绳，少抽鞭子。

> 把谈话的节奏比喻成跳舞时候的领头人物，非常巧妙。【比喻论证】

对于那些爱讽刺的人来说，别人会害怕他锋利的语言，他也一定害怕别人会记仇。善于提问的人见多识广，并乐在其中，尤其是当他的问题正好是被问者的强项的时候，因为这样，双方都会感觉愉快，而他自己也不断得到新知识。但是问题不能令人厌烦，不然就是出难题了。还要注意的是，要让其他人都有说话的机会。此外，如果有人想霸占一切说话的时间，就要想个法子支开他，从而让别人有发言机会，这就如乐师们见有人跳“嘉雅舞”[①]跳得时间太长而引开恋场的舞客一样。

“还要注意”和“此外”两个词连用，表现出作者运用词汇的灵活。【用词准确】

你对知道的事情假装不知，那么以后碰到你真不知道的事情，别人也会认为你是假装的。应该尽量少说关于自己的事情，而且措辞要谨慎。我认识一个人，他谈到他蔑视的人的时候，会说：“他一定很聪明，谈起自己来，没完没了。”一个人借赞美他人来称赞自己，这种做法最体面，尤其是当所谈论的优点和自己的优点相吻合的时候。

应当少说伤害别人的话，因为言谈应该犹如广阔的田野，自由自在，而不是一条道路直通某人的家门。我认识两位来自英国西部的贵族，其中的一位喜欢嘲弄别人，还很喜欢在家中宴请宾客。另一位常问那些曾经赴宴的人：“说实话，有人在他宴会上受到他的讽刺或玩笑么？”那些人就会回答说：“曾经发生过这样那

①嘉雅舞，流行于16世纪、17世纪法国的一种活泼轻快的舞蹈。

样的事。”这时，这位贵族就说：“我早料到他一定会破坏一桌好宴席的。”慎重措辞远比雄辩重要，说话得体远比用词优美、条理分明重要。

用格言警句式的句子结尾一段话，使这段话更为有力。【语言凝练】

没有对话的长谈会显得死气沉沉，善于对话却不能连贯且有始有终的谈论，则显得苍白无力。这就如动物世界中，最柔弱的却是速度最灵敏的，被猎犬追逐的野兔就是这样。进入正题以前叙述太多细枝末节让人生厌，但如果一点不涉及细节而直奔主题，则显得太突兀。

·品读与欣赏·

在生活中我们每个人都需要交谈，除却一些用来日常生活的用语，我们交谈最多的就是思想。一个人的言谈代表了这个人的形象，所以有些人为了提升自己的形象就会用一些伪诈的手段装饰自己的言谈，显得自己高深莫测或者出口成章。作者在文章开头首先否定了这种做法，作者认为夸夸其谈不如增长自己的智慧，能够明辨是非，这是言谈的关键所在。但是作者又没有一味否定言谈，认为人应该保持沉默。在言谈的时候要注意别人的情绪，这是作者在谈论言谈时候的主要思想。文章最后也说慎重的措辞和得体的话语远比雄辩和深刻明晰重要，因为交谈对象的感受比谈话本身更重要。

·学习与借鉴·

1.观点明确：有的议论文不是很明白地表达出论点，而是采取了比较含蓄的方法来表现对一个问题的倾向。这种情况通常发生在对一些敏感话题的讨论上，采取委婉的态度远比强硬明显的论点更有效果。作者在这篇文章中就采用了这种方法。虽然作者并不赞同过度的交谈，但是也不可能没有交谈，在不得不交谈的时候我们应该如何做，就成为了这篇文章的主要内容。作者在文章开头表现出了不喜欢夸夸其谈的情绪，后面又很睿智地说明了谈话的技巧问题。

2.语言深刻：一句话有很多表达方式，同样一句话换一种表达方式就有可能产生不同的效果。格言警句式的句子经常能给人深刻的印象，同时也能启发读者思考。这样的句子在文章中犹如珍珠一样，让人读完过目不忘。我们在文章中应该突出这样的句子，把它们放在一段话的开始或者结尾是很好的选择，尤其是一段话的结尾，不但可以起到突出的作用，还可以给一段话甚至一篇文章一个漂亮的结尾。

三十、论财富

对于财富，我很难形容它，只能把它叫做“品德的包袱”。罗马语将它比喻为“辎重”则更恰当。因为财富和品德的关系正如辎重和军队的关系。在军事上，辎重不可缺少，也不可抛弃，但是它阻碍行军。并且，有时候为保护辎重而扰乱胜利，打了败仗。

巨大的财富并没有什么实质用途，它唯一的用处就是施舍，其余的只是用来幻想而已。所以所罗门说：“财富多了，消耗的人也多，而主人除了饱眼福之外，还有什么好处呢？”财富多得达到了某种限度之后，便不能完全为个人所享受了。他可以把这些财富储藏起来，也可以分配并赠送他人，或者因此而出名，但对他本人来讲，这些财富是没有实际用处的。有人对一块小小的石头开出天价，又有人大肆铺张来显示富有，不就说明了这一点么？但是你也许会说，财富可以买通关节，使人消灾解难。如所罗门说的：“在富人的想象中，财富就像一座坚固的堡垒。”这话的确说得妙，因为在想象中是如此，而在事实上却不是。因财而惹祸的人肯定多于靠财富搭救的人。

不要追求用于炫耀的财富，而应取之有道，用之有度，愉快地施舍，安然地把财富留给后人。然而也不要自命清高地像乞僧一样蔑视财富，应当具体问题具体分析，如西塞罗评论波斯玛斯[①]所说的："他对财富的追求，并不是为了满足贪婪，而是为得到一种行善的工具。"还应当听一下所罗门告诫人们不可急于敛财致富的话："欲急速发财者必堕于不义。"

诗人们的寓言告诉我们，当财神普卢塔斯接受天帝朱庇特的派遣时，他步履蹒跚，磨磨蹭蹭；但当他接受死神普路托派遣的时候，他就跑得飞快。这个寓言的意思就是，用善良的方法和正当的工作得来的财富是来得很慢的，但是因别人的死亡而得来的财富（如遗产、继承等）则是快速的。而如果把普路托当作魔鬼，这个寓言也用得上。因为当财富是从魔鬼那里来的时候（如通过欺诈、压迫和其他不正当的手段而来的财富），它们也是来得很快的。

致富方法有很多，而其中大多数是歪门邪道。节俭是其中最好的一种，然而也不能算是清白无辜，因为吝啬的人不肯施舍救贫。最自然的致富方法是改良土地，因为这些产物是我们大地母亲的赏赐，但是用这种方法发财是很慢的。然而若是有富人愿意专心经营农、牧、矿产业，则其财富的增加也是非常迅速的。我以前认识一位英国贵族，他是当今最富有的人，是个大财主，拥有大片草原、牧场、森林、煤矿、铅矿、铁矿以及许多其他类似

①波斯玛斯，古罗马著名财政专家。

产业。因而对他来说，土地就如永不枯竭的汪洋大海，财富会滚滚而来。

有人说，挣小钱难，挣大钱容易，这话是有道理的。因为一个人如果已经富有到可以坐待市场好转，然后办成常人无法办成的交易，同时又能与年轻人在商业上合作的话，他是非发大财不可的。

从各种普通的生意和职业中挣得的财富是规矩的，它有两种方式：一是勤勉，二是在交易上有正直公平的好名声。那种用奸诈的手段做成的生意，挣的钱都是来路不明的。如乘人之危、贿赂仆役使人上钩、用诡计排挤其他较为公道的商人，利用诸如此类的手段而做成的生意，都是奸诈卑劣的。至于有人使劲还价、购买贱货，然后高价卖出，这种做法是两头榨钱。合股的生意，如果合作伙伴选择得当，的确是能致富的。

放高利贷是一种最可靠的获利方法，然而它也是最卑劣的方法之一。因为这种方法，可说是使放债者借他人的血汗而坐享其成，不但如此，连星期天都要计算利息。而且，放高利贷虽是很稳当的致富方法，但也不是没有风险，因为中介人和经纪人常常为了自己的利益替信用不佳的人说些溢美之词。

有了某种发明或率先拥有某种使用权，这种幸运有时能使人暴富，如在加那利群岛第一个经营糖业的人。因此，如果一个人是真正头脑清晰的人，就是说，既有发明又有独到的判断，他是可以成为大富的，特别是赶上好的时机时更是如此。

专靠固定收入的人是不容易发财的，而把一切财产都拿去冒险的人往往会倾家荡产。因此最好的方法是，能有某种固定的收入作为冒险事业的保障，以防不测之时不致一败涂地。如果没有束缚，垄断与独家专卖是很好的致富方法。特别是在当事人有先见之明，能预测到某种货物将要畅销而因此提前备足货源的时候。

由服务而得来的财富，虽然来路最为正当，但若是以阿谀奉承或其他的奴颜婢膝的行为为代价，则可算是一种卑劣的财富了。那些从执行遗嘱及监理权中图谋利益的人是更为卑鄙的，如塔西佗评论塞涅卡的话："无子嗣者和他们的遗产都被他捉住，如入网中。"他们对卑贱之人都可以阿谀奉承，实在更为卑鄙。

不要相信那些表面上蔑视财富的人，他们蔑视财富是因为他们对财富的绝望，若是他们可以发财的话，会比别人更爱财的。不要分文必争，钱财是有翅膀的，时来时去，而你有时必须放它去飞，以便引来更多的钱财。

人最终会把钱财留给亲属或者社会，最好是数目适中，这样对大家都好。如果给一个年幼无知的继承人留下一大笔遗产的话，这份遗产就如诱饵，会招致周围捕食的猛兽，而继承人则会成为他们的猎物。同样，为虚荣而赠予的捐款、基金等，就如同没有盐的祭品，或是用施舍品粉饰过的坟墓，不久就会从内部腐烂起来的。因此，不要以数量作为捐赠的衡量标准，而应适度。此外，也不可把捐助慈善事业的事情拖到死后，因为可以明确地说，临死的捐献，所花的钱是别人的而不是自己的，实际上只是慷他人之慨罢了。

·品读与欣赏·

财富是每个人都想要追求的东西，作者在文章中也特别指出一种人：表面上对财富不屑一顾，其实骨子里有着对财富的疯狂追求。反而是那些能够正确对待财富的人更能让人相信。文章中作者列举了很多可以致富的方法，并且在这些方法中作者加以区分，哪些是可得的、正当的财富，哪些又是不义之财。对于可得的正当的财富，作者的语气平和；而对于那些不义之财，作者表现出了批判讽刺的一面。作者还认为小财是靠自已的努力可以得来的，而大富则很多情况下都需要机会。这就说明人们在对待巨大的财富上应该保持一种平和的心态，时机不成熟，疯狂追求暴富反而会让自己倾家荡产。

·学习与借鉴·

1.散文化的语言：有些议论文章的结构并不是很清晰或者很紧凑，而是随笔一样的文章，但是里面有很多至理名言能够深深打动读者。这样的文章能给人一种深刻而又随意的美感，更趋向于文学性的文章风格。写这类文章非常困难，需要作者睿智的大脑和出色的文笔。这篇文章中确实有一些能够闪光的词句，我们要想达到这种高度平时就应该多观察多思考。

2.引用寓言：寓言是一种含有哲理的小故事，它比一般的小故事更有深刻的意义，而且如果要引用古代的寓言，那么蕴含在这些寓言中的哲理就像古老的智慧一样更能让人信服。这篇文章中作者就运用了一个古代的寓言，然后把这个寓言中的哲理分析出来用做论述。我们如果平时多积累一些寓言故事，尤其是古代的寓言故事，那么无疑对我们的议论文写作是帮助很大的。不但说理十分容易，而且还能增强文章的趣味性和文笔的优美程度。

三十一、论谶言

这里所讨论的谶言，并非神的启示，并非异教徒的妄语，也不是神秘的征兆，我指的是那些貌似有根有据，其实却由来不明的预言。例如《圣经》中的女巫曾对以色列王扫罗作如下预言："明日你和你的子民将与我同归。"[①]荷马诗中也有一个谶言说："伊里亚斯族将统治所有的海岸，直到他的子孙世世代代。"[②]这似乎预言了罗马帝国的兴起。

悲剧作家塞涅卡作过如下的预言："大海将敞开她的衣襟，呈现广大的胸膛。狄菲斯将发现新的天地，特勒不再是最远的海疆。"[③]这好像是对于后来发现新大陆的一种预言。波利克拉特斯[④]的女儿在梦中看见丘比特为她父亲洗澡，阿波罗给他涂油。不久

---

①事见《旧约·撒母耳记》第28章。这是暗示以色列军的覆败。

②引自罗马诗人维吉尔诗篇。维吉尔原诗则出自荷马诗句，荷马原文云："伊利亚及其后代将为特洛伊之王。"

③诗中狄菲斯为希腊航海家。特勒是古代欧洲人认为的大地边缘。

④波利克拉特斯，公元前6世纪时希腊小国萨木斯君主，于公元前522年被钉于十字架上。

波利克拉特斯果然被钉在十字架上，太阳使他遍体流汗，风雨冲洗他的尸体。马其顿王腓力普梦见妻子的肚子被泥封了起来。起初他还以为是妻子不能生育的预兆。但是预言者却告诉他，她怀孕了，因为人对于空瓶罐是不用上封泥的。后来她果然生了亚历山大。布鲁图斯刺杀恺撒后，在他的屋中出现了一个鬼影，对他说："你在菲力帕还会遇见我。"[⑤]提比留斯曾对加尔巴预言说："加尔巴，你早晚会尝到帝国的滋味。"[⑥]罗马时代在东方流传过一种预言，说救世主即将诞生了。这个预言塔西佗以为是指韦斯帕西恩的，结果应验于耶稣。以上预言后来都成为了事实。

罗马皇帝多密汀在被刺前夕，做了一个梦，梦见自己的脖子上长出了一个金头——后来他的继承人果然开辟了历史上一个黄金时代。英王亨利六世曾对一个给他送水的幼童预言："他将得到我们正在争夺的王冠。"结果正是他竟成为亨利七世。法国的费纳特士曾派人以假名替国王算命，算命者预言这个人将在决斗中丧生。王后置而不信，因为她认为不会有人向国王挑斗。可是，她的丈夫后来正是死在一场赛马术的竞技中。我年幼的时候，正是伊丽莎白女王年轻的时代。那时我听过一个流行颇广的谶言，说：

"当麻织成线，英格兰就结束啦。"

---

⑤布鲁图斯刺杀恺撒后与恺撒旧部战于菲力帕，兵败为安东尼所杀。此事曾被莎士比亚写在历史剧《恺撒》中。

⑥加尔巴于公元68年登基为罗马皇帝。

把英国几位历代君主名字的头一个字母排列起来，就有了谶言中的“hempe”（粗麻）这个词，当时人们认为，这预言似乎是说，等到这几位君主（就是 Henry，Edward，Mary，Philip 和 Elizabeth）的时代过后，英国就要天下大乱。感谢上帝，这个谶言没有实现。但它却在英国的国名上得到了证实。因为我们当今的国号已不是“英格兰”——这个称号确实结束了。现在叫“大不列颠”了。在 1588 年以前，还流行过一个预言，当时我们不懂它的意思：

有一天将看见，

在巴与迈之间，

挪威的黑色舰队。

等这个去了以后，

英国啊，大兴土木吧，

因为以后不会有战争了。

直到 1588 年，西班牙无敌舰队被我国海军击溃以后，我们才理解，原来这个预言是针对西班牙的。因为西班牙王的姓恰好是挪威（Norway）。

当时还流传过一个占星术的预言：

“1588 年，一个出奇迹的年。”[7]恐怕也是针对西班牙舰队的。这个舰队，即使不算有史以来最庞大的，也是武力最强的。至于

⑦指15世纪德国一占星家的预言书。

雅典人克利昂的梦，看起来那仿佛是个玩笑。他梦见他被一条龙吞了。后来他遇到一个做腊肠的人捣他的乱。有人解释，这个做腊肠的，就是那条龙。类似的事不止一件，如果把梦兆和占星术方面的预言都计算一下的话，其数目恐怕更大。但我认为，这些预言并不值得过分重视，虽然它们可以作为冬夜炉旁闲谈的好话题。我所谓不值得重视的意思，是说它们不值得相信。但在另一个方面，假如社会上广泛流传这种东西，政治家就不应当忽视。因为谣言蜂起，在历史上曾酿成许多祸乱，因此许多国家制定了严厉的法律禁止它们。人之所以乐于传布和相信这种预言，有三种原因：第一是人们只注意这种预言的应验，而不注意它们的不应验，人们对于梦兆也是如此；第二是预言的内容多数都是模棱两可的，可以给各种推测和自由解释保留很大的余地。例如正像前面所谈的塞涅卡的诗句那样。因为显然可见地球在大西洋之西可能还会有很大的天地，这些地方不一定总是一片汪洋。再加上柏拉图留下的那个“大西岛”的传说，更足以鼓励人把这种说法解释成一种预言了；[8]第三也是最重要的一点就是，很可能大多数这一类预言其实都是欺人之术，是由极其无聊的人在事后编造出来的。

---

⑧柏拉图曾根据古代传说认为大西洋中有一文明古岛名Critas，后沉没于海中。

·品读与欣赏·

所谓谶言就是那些通过迷信的方法，暗示国家或者民族未来将会有什么大事发生的言论。这种言论通常在人群之中传播，给人们造成莫名的恐慌。中国历史上有很多农民起义就利用这种方法，编造出一种有利于起义的谶言，然后广大百姓就会跟从起义的领袖。同样，很多统治者也利用谶言来增加自己统治的神圣性。作者在这篇文章中列举了大量的例子，说明谶言的不可信和对国家和社会造成的不良后果。最后作者用简明的语言分析了这种谶言是从何而来，知道了是怎么来的，也就无所谓神秘了，就不会相信这种无稽之谈了。这是作者写这篇文章的本意。

·学习与借鉴·

1.活用论据：我们有时候写议论文，若对一个话题非常熟悉，我们会有很多论据。如何用好许多论据呢？有一种方法是衡量一下这些论据中哪些最能说明问题，然后选择少数放到文章中；还有一种方法是像本文一样，把知道的论据基本上都写下来，文章中很少议论，用这些论据本身说话，当然这些论据不能互相矛盾，而且作者使用的时候要分清主次和先后，让这些论据联系起来。最后在文章的结尾处用简短的话语议论一下，或点明自己的观点，或分析上述事例的原因。

2.论证方法得当：我们写议论文要叙述事例，有的人认为议论文中的事例叙述无关紧要，重要的是文章的思想和论述方法。其实不然，如果事例叙述不好，就会影响文章的说服力，首先读者就会认为作者的水平不够，其次，同样一件事情，说法不一样可能给人的印象也不一样，还有，把小事当成历史大事来叙述，或把大事当成无足轻重的小事来叙述都会给文章造成负面影响。本文作者在叙述很多事例的时候就做到了详略得当。有的事详细，有的事则是一句话带过，很有文采。

三十二、论野心

野心犹如体液中的胆汁，假如它分泌顺畅的话，就会令人积极、认真、敏捷、奋发；但假如它受到阻碍不通畅的话，就会使人变得焦躁，进而转为恶毒。因而，有野心的人，如果他们觉得升迁有望，并且自己在不断前进的话，他们就会忙碌而充实着，不会有什么危险；但是如果他们的欲望受到了阻挠，他们就会心怀怨愤，看人看事都不顺眼，似乎在大家都不顺利时才会高兴。就帝王或共和国所任用的臣仆而言，这种品性是最恶劣的。因此，君王如果要用有野心的人，则需要安排他们一路有升无降，但这种办法太麻烦了，因此最好不要用这种野心勃勃的人。因为如果他们所做的工作多而不能得到升迁的话，就会不好好干事。我已说过，除非不得已，最好是不用天性中有野心的人。那么，我们就来探讨一下，在什么样的情形中，才是非用这样的人不可的。

战争中必须要用良将，不管他们是如何地有野心，因为他们的战功足以抵消他们的缺陷。一个没有野心的军人就如没有鞭策的马儿一样。有野心的人还有一个大用处，就是为陷于危难和民愤之中的君王挡驾。因为这样的人就像一只蒙住眼的鸽子，会奋不顾身地使劲往上飞，不然的话，是没有人会愿意充当这种角色的。也可以利用有野心的人来搞垮任何功高盖主的权臣，提比留斯用马克罗来颠覆西亚努斯就是一个例子。[①]

既然在这样的情形中，有野心的人是非用不可的，那我们就得说一说这些人应当如何驾驭，才能减少危险性。这些人当中，出身卑微的比出身高贵的人危险性小；天性暴躁的，比仁爱而得人心的人危险性小；新提拔的，就比资历深而狡黠善防的人危险性小。有些人以为帝王有宠幸之臣就是一种弱点，其实这可算是对付有权势的野心家的最好办法之一。因为当君主的喜怒哀乐系于宠臣的时候，任何其他人都不会有过大的权势。还有一个对抗这种人的方法，就是任用和他们一样骄横的人与之抗衡。但是如果用这种办法就必须有些中立的大臣，以便稳定大局。要不然的话，就如船舱里没有压舱物，船会颠簸得过于厉害。至少，君王可以利用几个出身卑微之人来对抗有野心的人。至于让有野心的人常常处于地位不保、岌岌可危的险境，对一些天性懦弱的人也许有效，但对那些胆大勇猛的野心家来说，这种办法也许会刺激他们谋反，结果反倒成为一种很危险的办法。至于一定要颠覆野心过盛的人，而又不能轻举妄动，以免引起不测，那么唯一的方

①西亚努斯（公元前20~18），古罗马政治家，提比留斯的宠臣。后因拥权自重，被提比留斯利用马克罗除掉，后者立功，成了禁卫军统帅。

法是不停地赏罚交替，使那些人如身陷密林，无法预测接下来会发生什么事。

说到各种野心，那种只想在大事上出风头的野心比那些事事都要显身手的野心危害少一些。因为后者常惹是生非、扰乱公务。让一个有野心的人忙于自己的事务，比让他拥有广大的拥护者危险性要小一些。想在能干的人群中出风头是很困难的，但总是有利于公众。但是，挤对他人，唯我独尊者，则是有害世人的。

追求高位，可能有三种动机：有为善的好机会、能接近帝王与要人、能让自己发财致富。有第一种抱负的人，称得上是正人君子。而能识别这类人的君王，则是伟大而贤明的。一般说来，帝王和共和国在选择大臣的时候，最好选用那些重责任甚于重高升，重事业甚于重虚荣的人，还应当辨别哪些人喜欢滋事，哪些人是诚心做事。

·品读与欣赏·

我们通常都不太喜欢那种野心勃勃的人，很多时候我们对他们采取的是一种避而远之的态度。因为我们的文化教育我们做人的美德是谦虚，而在人前过于显露自己的欲望是容易遭到他人的鄙夷的。但是作者站在西方文化的角度来辩证地看待这个问题，认为人的野心有的时候有助于人们达成自己的目的和事业，但是也有的时候让人变得暴躁嫉妒。在政治上作者主张尽量不用有野心的人，而在军事上，则完全相反，作者认为有野心的军人才是好军人。对于用这些人之后需要注意的事项，作者也详细说明。最后作者还区分了有野心和追求高位的人，认为有些人追求高位是有着崇高的目标的，而这些人正是政治需要的人才。

·学习与借鉴·

1.贴近生活：在这篇文章中作者探讨了野心的问题，这个问题对于我们中国读者来说是一个不太经常提到的话题，因为人们都羞于谈自己的欲望或者不承认自己的野心。我们遇到这样的文章一定要搞清楚作者所在的文化背景或者是历史背景，这样才能更好地吸收作者的思想，做到为我所用。

2.实事求是地分析问题：我们探讨一个话题的时候，最忌讳的就是从书本到书本，用空洞的理论来印证另一个空洞的理论。因为读者中很多是阅读广泛的人，所谓的这些理论很有可能在别人那里是陈词滥调。所以我们论述一个问题的时候就应该像作者这样从实际出发，作者在这篇文章中从实际的政治生活出发，认为有野心的人也是可用的，但是要会使用这种人，读来让人耳目一新，并且给人启迪。

三十三、论人的天性

天性常常是隐而不露的，有时可以被压抑，而很少能完全泯灭。用压抑的办法，会使天性在压力减退之时更激烈，道德和教育的方法只能减少对天性的困扰，只有长期养成的习惯才能真正改变和约束天性。

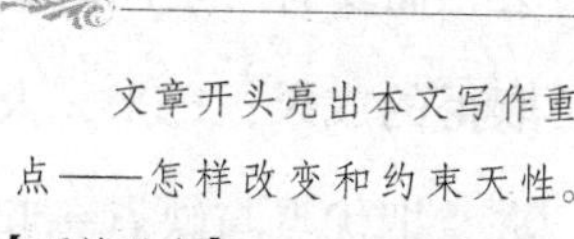
文章开头亮出本文写作重点——怎样改变和约束天性。【巧妙开头】

想改善自己天性的人，不要给自己设定过高或过低的目标。目标过高，则常常会失败，从而灰心丧气；而目标过低，虽然常常成功，但是进步很小。因此，在开始练习的时候，可借助外力，就好像学游泳的人借助气囊和苇筏一样。但过些时候，他应当迎难而上，努力练习，就好像舞蹈家穿着笨重的鞋练习一样。因为，假如练习比实际应用还难，那么效果更佳。

如果某种天性太顽固，不容易克服的话，那么可以采取以下方法。第一，靠时间来阻止天性，就好像有人在生气的时候默念24个字母[①]来压抑怒气一样。接下来，试着减少自己对天性的纵

①当时i和j，u和v在书写上不分，所以只有24个字母。

容，就好像要戒酒的人，从一瓶酒减到一杯酒一样，最后完全戒除一切毛病。但是假如一个人毅力过人，能够一下子脱胎换骨，那是最好的了。灵魂最自由的人，就是一举挣断锁链的人。[②]

此外，还有一种自古就有的方法，用起来也不错，就是反其道而行之来改造天性，就好像要把一根弯曲的杆杖弄直一样。不过应该注意，不能矫枉过正，否则又有负面影响了。

在建立一种新的习惯的过程中，不可一直强制不断地进行下去，而要有一定的间歇。因为这种休息或间歇，一来可以巩固已取得的成果；二来，人非完人，在不间断的实践中往往会善恶俱进，把优点与缺点一起带进一种新的习惯。这种情形，除了用适当的间歇这种办法，别无他法。

但是，一个人也不可太相信自己对天性的控制。因为天性虽能长期潜伏着，但在一定场合或受到诱惑时却会复活起来。就好像《伊索寓言》中那个猫变的女子一样，她端端正正地坐在餐桌边，可是有一只老鼠在她面前跑过的时候，她就情不自禁地扑了上去。因此，一个人要么完全避开这种场合，要么常常接触这种场合，以便见多不怪。

两种看似极端的方法其实是为了达到一个目的。【意蕴深刻】

人的天性在私生活里是最显露无遗的，因为人在那时候不必掩饰；还有就是在激动的时候，因为人一激动就把平日的准则忘

②语出罗马著名诗人奥维德（公元前43~17）。

了；还有就是在尝试一种新事物时，因为在这种情形下没有先例可循。

天性与职业相符合的人是很幸福的。相反，那些从事他们不喜欢的事业的人，可以这么说："我的灵魂一直以来都是寄宿的。"在学问方面，一个人要逼迫自己去钻研不合自己天性的东西，应当有规定的时间；但对于合乎自己天性的学问，那就不必有什么规定的时间，因为他的思想会很自然地飞往那个地方。一个人的天性不长成芳草，就长成杂草。所以，他应当适时灌溉芳草而铲除杂草。

· 品读与欣赏 ·

每个人都有自己的天性，任何一种天性都有它的两面性，比如说这个人天性比较善良，但是如果让这个人掌握大权的话就有可能被坏人利用。所以我们要修正自己的天性，发挥自己天性中的好的成分，并约束自己天性中不好的部分。另外，不同的场合对于同一种天性有着不同的判断价值。善良的人在良好的环境中容易受到人们的好评，而在恶劣的环境中反倒容易受人欺负。这就是文章中作者所说的要么避免恶劣的环境，要么就经常接触这种环境，以便能够更好控制自己的天性。

· 学习与借鉴 ·

1.巧妙安排结构：写文章虽说有一定的规则规律可以遵循，但是如果文章都是千篇一律的话，那么读者无疑是十分痛苦的。所有的文章都程式化，那么写文章就成了填空题，而不是一种创造性活动了。议论文中很多情况都需要分条论述，在分条的时候，我们习惯用第一、第二……，但是有的时候总是如此就会让读者产生厌烦感。我们不妨变换一下，写了第一，不写第二，正如本文一样，另起一段直接说第二点的意思，读者也能领会。但是对于重要的问题，我们为了突出，要标清第一第二。

2.善于运用修辞：文章中我们是用比喻句来使得文章中抽象的概念形象化，但是我们的叙述往往会因为这种比喻而被打断。一个漂亮的比喻之后，如果再返回正经的论述就会显得有些不适当。这篇文章最后作者所使用的杂草的比喻就给我们做了很好的示范，我们在一个比喻之后可以用喻体来直接叙述，这样既简洁又增添了文章的文采。

三十四、论习惯与教育

人们的思想多取决于自己的性情，人们的谈论多取决于自己的学问和见识，但人们的行为却是取决于自己长期养成的习惯。所以马基雅弗利[①]说得好（虽然他举了个很见不得人的例子）：“天性的力量和豪言壮语的承诺都是不可靠的。”他举的例子是，要谋杀一个人，选一个天性凶残或胆大妄为的刺客并不可靠，而应当选一个曾经亲自下过手、手上沾染过鲜血的。但是马基雅弗利不知道有个叫克莱门的乞僧，不知道哈委亚克和约尔基，也不知道有一个巴尔塔萨尔·杰拉尔。[②]尽管如此，他的话还是言之有理的。也就是：一切天性和诺言都不如习惯有力。

格言式的句子，能够启迪人们的智慧。【语言凝练】

提出文章论点，习惯的力量是最大的。【提出论点】

①马基雅弗利（1469~1527），政治家、史学家、剧作家，著有《君主论》《论李维》等。

②克莱门刺杀法王亨利二世，哈委亚克刺杀法王亨利四世。约尔基行刺荷兰公爵威廉未遂，后由巴尔塔萨尔·杰拉尔刺杀得手。

然而，现在有很多宗教狂热之徒，初次行刺就能像职业杀手一样镇静，盟誓的决心也和习惯一样强烈，甚至在流血事件中也是如此。在宗教以外的事情中，习惯所起的绝对支配作用还是处处可见的，其作用力非常强，任你发誓、保证、允诺、夸口，到头来依然说的是一套，做的还是原来的一套。以前做什么、怎样做，之后还是如此，好像他们是无生命的雕像以及由习惯的轮子来推动着的机器，这种情形真是令人惊讶。

我们也可以看到，习惯犹如暴君专制。印度人（我说的是他们的哲人中的一派）会自己静静地躺在一堆木柴上，然后引火自焚来献祭。不但如此，那些做妻子的还要争着与丈夫的尸身一同葬身火海。在古时，斯巴达的青年们常自愿在月神狄亚那祭坛上受鞭笞，一动也不动。我还记得在女王伊丽莎白王朝初年的英国，有一个被判死刑的爱尔兰叛党曾上书总督，请求缢死他的时候用柳条而不用绞索，因为按以前的惯例，对叛党都是用柳条的。在俄罗斯，有些僧人为了赎罪，会在水池里坐上一夜，一定要熬到他们被坚冰冻住了才罢休。习惯在人的精神和肉体两方面有着极大的影响力，这样的例子数不胜数。

一连串的事例造成文章雄辩的效果。【事实论证】

所以，既然习惯是人生的主宰，人们就应当努力养成良好的习惯。幼年养成好习惯最为重要，我们把这个叫做教育。教育其实是一种从早

为教育下定义，使读者对教育有一个全新的认识，也使得文章转入教育的论题。【下定义】

年就开始的习惯。所以我们常见，在语言上，幼年时代比成年后舌头要灵活，更能学到各种表述和发音，并且四肢关节也比较灵活，更适于做各种的竞技和运动。的确，晚学的人不如从小就学起的人自如。当然，也有些人从不固步自封，并准备好了接受不断的改良，那算是例外，但这种情形是非常少的。如果说个人习惯的力量已经很大了，那么团体的联合的习惯，其力量就更大了。因为在团体中，有他人的例子可以仿效，有同伴的力量可以帮忙，有竞争机制的鞭策，有荣誉的指引，所以在这种地方，习惯的力量到了最高峰。

毫无疑问，美德要发扬光大，离不开秩序井然、纪律良好的社会环境。因为国家和政府只是已有的美德的培育者，而不是播种者。可悲的是，最有效的工具，目前却被用在最不值得的事情上。

·品读与欣赏·

每个人都有自己的习惯，我们是选择当习惯的主人还是当习惯的奴隶，对于我们来说是一件十分关键的事情，它关乎我们的生活是否幸福，我们的事业是否成功。有的人把习惯和天性混为一谈，认为习惯是天生带来的不好更改，这一点作者在文章中已经给出了答案，天性的力量远不如习惯的力量大。与此同时认为人们通过努力是可以改变自己的习惯的，改变习惯的最好方法就是教育，而能改变习惯的教育才能算得上真正的教育。对于小孩子来说，在没有养成坏习惯的时候让他们养成好习惯是非常有必要的，等到成人之后再改掉坏习惯就需要花更大的力气。

·学习与借鉴·

1.准确的定义方法：我们经常接触到不同的概念，尤其是书上的各种概念，我们接触到概念的时候都认为这是一种经过理性思考的抽象的论述，通常都会仔细思考这种概念正确与否。同理，我们在写议论文的时候，如果能为我们自己的思想下一个定义，那么这无疑会增强文章的理论性，同时也能让读者更加仔细地思考你提出的思想或者论点。同时如果你的这种概念是正确的，那么会增强读者的记忆。本文中作者就为他心目中的教育下了一个定义，通过前文的论述习惯，读者对于这个定义更好理解。

2.灵活多样的论证：一篇文章包含两个论题，对一篇议论文来讲是不好处理的。这两个论题要具有关联性，不能安排两个毫无关联的论题放在一篇文章中，那样的话我们无法集中论述，而使得文章看起来像两篇文章合在一起的。在选择有关联的论题之后，我们应该找出这种关联，然后首先论述一个稍微重要的论题，用前一个论题的论述带出第二个论题，这样两个论题之间能够起到相互解释、相互促进的作用。

三十五、论幸运

不可否认，外界偶然发生的事情常常会带来幸运，如恩宠、机遇、他人的死亡、施展才华的机会等等。但是，一般情况下，幸运还是把握在自己的手里。所以有诗人说："人人都是自己幸运的设计师。"外界原因当中最常见的就是，某个人的愚蠢恰是另一个人的幸运。因为借着别人犯错的机会，另一个人会发展得很快，正像有句话所说："蛇吃蛇，变成龙。"

外在的才德固然能赢得赞赏，但内在的才德才能带来幸运，那是一种不可言传的自我调节的能力。或许，用西班牙语"潜能"略能表述这种能力，意思是说，一个人的天性中没有什么障碍或别扭的东西，而他的精神车轮随着幸运车轮同转的时候，这就是发挥"潜能"了。

因此，李维曾用这样的措辞形容加图[①]："他的体力与精神都是如此博大强健，无论他出生在什么样的家庭，他都能为自己开

①李维（公元前59~17），古罗马著名历史学家。加图（公元前234~公元前149），古罗马著名社会活动家。

辟出幸运之路的。”李维还注意到一点，就是加图有“多种才能”。因此，一个人如果目光敏锐，细心观察，他一定会看见幸运女神的。因为幸运女神虽然是盲目的，但不是隐形的。②

格言警句式的句子，含义丰富，引人深思。【语言凝练】

幸运之路好像天上的银河。银河是由一群星星聚合而成，单个的星星并不显眼，只有它们聚集在一起才会变得璀璨耀眼。因此，许多细微而难以看见的美德，只有在能力和习惯相聚合时才给人带来幸运。这些美德之中有一些是一般人所想不到的，意大利人却注意到了，譬如意大利人在谈论一个做事总不会出错的人的时候，除了夸奖他的优点之外，还会说他“有点儿傻气”。真的，有点儿傻气，而不是老实巴交的呆气，这才是带来幸运的无与伦比的特性。因此，极端爱国主义者或忠仆向来都是不幸的，幸运与他们无缘。因为一个人从不为自己考虑的话，他就不是在走自己的路。突如其来的幸运会让人变得投机、狂妄（法国人称这种人为“冒险家”或“盲动家”），而来之不易的幸运才会造就真正的人才。

“傻气”和“呆气”的对比，突出了傻气的可爱，同时，指出了获得幸运的特性。【意蕴深刻】

幸运女神是值得尊敬的，即便是为了她的两个女儿——“自信”和“信誉”，这两个都是幸运所产生的。前者生于一个人自

②欧洲传说中的幸运女神是蒙着双眼飞行于人间的。

己的心中，后者生于别人的心中。真正聪明的人，为避免他们的才德招致嫉妒，都爱把这些才德归之于上帝或幸运女神，这样他们就可以较为安全地享有这些才德了。再者，一个人如果受神灵的保佑，也就可见他是一个伟人。所以恺撒对暴风雨中的船夫说："恺撒和幸运坐在你的船上！"所以苏拉[3]称自己是"幸运的"，而不是"伟大的"。

可以发现，凡是把幸运之事归功于自己的聪明和智谋的人，结局大都是不幸的。书上曾说，雅典人提摩西亚斯[4]向国家报告他的政绩时，不断加入这样的一句评语："这件事和幸运是没有关系的。"自此以后，他无论做什么事都不顺利。世上的确有些人，他们的幸运和荷马的诗句一样，比其他诗人的作品更加流畅自如。这就如普卢塔克把提摩莱昂的运气与阿盖西劳斯和埃帕米农达斯的运气相比时所说的那样。[5]这样看来，人固然有幸运与否之分，可关键还是靠自己。

文章最后提出论点，幸运不是偶然，是自己努力得来。【点明主题】

③苏拉（公元前138~公元前78），古罗马统帅，自称"幸运的苏拉"。

④提摩西亚斯（？~公元前354），雅典英雄人物，后死于流亡中。

⑤普卢塔克（46~119），古罗马史学家。提摩莱昂（？~公元前337），古希腊军人。阿盖西劳斯（约公元前444~公元前360），4世纪斯巴达国王。埃帕米农达斯（公元前420~公元前362），古希腊军人。

·品读与欣赏·

每个人都想获得幸运，有的人终生叹息自己的命运不济，自己从来没有得到幸运女神的眷顾。于是，怨天尤人，结果自己一事无成。作者在这篇文章中阐述了幸运的本质，和人们如何才能获得幸运。在作者看来，一个人首先要有美好的品德，然后需要细心的观察和耐心的等待，在这个过程中一点一点积累，最后幸运女神自然会来到你的面前。作者还论述了伟大人物的幸运，认为这是一种不可捉摸的幸运，多半出自神的眷顾。这与作者的宗教立场有关。

·学习与借鉴·

1.巧妙地引出观点：议论文中通常情况下不需要在观点之前有过多的铺垫，但是有些话题是人们经常讨论的，例如这篇文章中关于幸运的话题，很多人对此问题都有自己的看法。而作者提出的有关幸运的看法很有可能跟大多数人的看法相左。这就需要先引述一下其他人的看法，指出这种看法的不足之处，然后再论述自己的观点就相对比较容易了。

2.全面地论述问题：论述一个问题的时候把这个问题论述全面是很重要的。一个问题有很多方面，我们不能只是论述一个方面，这样的文章给人单薄的感觉，尽量把这个问题的各方面都考虑到。如果感觉其他问题离文章的主题太远，可以不论述，集中论述几个关联性强的问题。这篇文章论述幸运的时候，就把有关幸运的很多方面都照顾到了。

三十六、论青年与老年

一个青年人假如不曾浪费光阴，也可以变得成熟老练，但这种情形毕竟是很少的。一般说来，青年人就好像人的“第一感觉”，不如“反思”明智。因为人在思想上也和在年岁上一样，有个青年阶段。然而青年人的创造力要比老年人活跃，而且想象力也好像有神助似的更加灵活。

热情炽烈、欲望强烈及情绪敏感的人往往中年之后才能做成事，例如恺撒和塞委拉斯[①]。关于后一位，曾有句话说：“他曾度过一个满是错误——不，满是疯狂的——青春。”然而他差不多是罗马皇帝中最能干的一位。天性稳重的人则能在青年时代就有所作为，例如奥古斯都大帝、佛罗伦萨大公考斯摩斯以及加斯顿公爵。另一方面，年纪虽大却热心与活力不减，则是成就大事业的非凡气质。

青年善于创造而不善于思考，善于行动而不善于谋划，善于

---

①塞委拉斯（146~211），古罗马皇帝。

革新而不善于守旧。而老年人的经验指导他们熟练操作旧事物，却阻碍他们应付新事物。青年人的错误常会坏事，而老年人的错误充其量不过是做得不够，或者做得太慢。青年人办事常常眼高手低、毛手毛脚、急于求成而不顾方法；荒唐地追逐某些不成熟的原则；草率地进行革新，进而引起新的不便；纠正错误时爱用极端补救的方法，从而错上加错，但死不认错，就好像一匹不羁的野马，既不肯停，也不肯转弯。老年人则过于喜欢反对别人，顾虑过多，冒险太少，后悔太快，并且很少把事情进行到底；反之，只要有一点点成功就很满足了。

无疑地，最好结合这两种人的特点。从当下的角度说，这两种年龄的人可以互相取长补短。从发展的角度说，年轻人可以学习老年人的经验。从社会的角度说，受人尊重的老年人办事让人放心，而青年人受人喜欢。但是在道德方面也许青年人较为优越，如在人情世故方面老年人较为优越一样。《圣经》说："青年人将见到异象，老年人将见到异梦。"一位拉比（犹太教牧师）在讲解这句经文的时候推论道，青年人是比老年人更接近上帝的，因为异象是比异梦更清楚的一种启示。要知道，世情如酒，越喝越醉人，年龄越大，世故越深，理解力增长的同时却会丧失正直纯真的感情。

早熟的人往往也早衰，这样的人大致有三种。第一种是那些有点小聪明，而这种聪明不久就变得迟钝，例如修辞学家赫摩格尼斯，他的早期著作非常精妙，但后来他却成了个呆子。第二种是那些具有某种气质的人，而这种气质较适于青年人而不适于老年人，如流畅华丽的言辞，就适于青年而不适于老年。所以西塞罗评论霍坦西亚斯[②]时说："在他的老一套已经不再适合他的时候，他还是照旧不变。"第三种是早年志向远大，后来却难以继续的人。例如西庇阿·阿弗利坎努斯[③]，李维曾说他"有始无终"。

·品读与欣赏·

每个人都有青年和老年时代，有的青年人不认为自己会老，等到有一天自己真老了才发现时间过得飞快。同样，有些老年人也忘记了自己曾经年轻过，对于年轻人的很多行为表示不理解，遭到青年人的反对，这就是代沟形成的原因。如果明白人从青年到老年的过程是一个变化的过程，很多时候青年人和老年人能够成为很好的朋友。正像作者所说的，应结合老年人的经验和青年人的热情、精力。作者的这篇文章有助于青年人和老年人理解对方。

·学习与借鉴·

1.巧妙分析问题：在一篇文章中论述两个对立的话题是非常有意思的一件事。正如这篇文章一样，如果只谈论青年或者只谈论老年都不如把这两种事物放在一篇文章中好。这样这二者可以互相对比，明白了青年似乎也就理解了老年，理解了老年似乎对青年也就更清楚。

---

②霍坦西亚斯（公元前114~公元前50），古罗马律师。

③西庇阿·阿弗利坎努斯（公元前236~公元前183），古罗马名将。

作者在行文中也能够更加灵活，文章的结构也能更加明白清楚。我们在讨论一个话题的时候不妨先想想这个话题有没有对立的面，如果有的话，可以写成这篇文章的样子。

2.结构安排恰当：一篇文章如果没有一个总论点，也可以像这篇文章一样论述一个话题的不同方面，每个方面都有一个小论点，把这些小论点组成一篇别致的小论文，也是很不错的选择。不过这样的做法常常用于说服性不太强的文章，对于说服性强的文章我们最好还是按照规范的议论文写作方法来写。如何在文章中转换论题，关键是要抓住这些论题的内在逻辑，顺着这个逻辑一层一层往下论述，就会很自然地过渡到另一个论题上。

三十七、论美

美德犹如宝石，在素色的衬托下愈显其美。清秀端庄、才德双全最为可人，即使其容貌并非十分艳丽。

造化似乎但求无过，却无意于至善至美，以致罕有德貌两全之人。有的人相貌堂堂，人品却略欠低下，他们重举止，轻德行。但这话也不全对，因为奥古斯都、菲斯帕斯、腓力普王、爱德华四世、阿尔西巴底斯、伊斯梅尔等，[①]都既是大丈夫，又是美男子。就形貌而言，自然之美要胜于粉饰之美，而优雅行为之美又胜于单纯仪容之美。最高的美是画家所无法表现的，因为它是难于直观的。这是一种奇妙的美。曾经有两位画家——阿皮雷斯和丢勒[②]滑稽地认为，可以按照几何比例，或者通过摄取不同人身上最美的特点，用画合成一张最完美的人像。其实像这样画出来的

①奥古斯都和菲斯帕斯都是古罗马著名皇帝。腓力普王，法国国王，1285至1314年在位。爱德华四世，英格兰国王，1461至1483年在位。阿尔西巴底斯，古希腊著名美男子。伊斯梅尔，波斯国王，1499年即位，有武功。

②阿皮雷斯，古希腊画家。丢勒（1471~1528），德国画家、雕刻家。

美人，恐怕只表现了画家本人的某种偏爱。美是很难制定规范的（正如同音乐一样），创造它的常常是机遇，而不是公式。有许多脸形，就它的部分看并不优美，但作为整体却非常动人。

有些老人显得很可爱，因他们的作风优雅而美。有一句拉丁谚语说过："暮秋之色更美。"而尽管有的年轻人具有美貌，却由于缺乏完美的修养而不配得到最好的赞美。

美犹如盛夏的水果，是容易腐烂而难保持的，世上有许多美人，他们有过放荡的青春，却迎受着愧悔的晚年。因此，应该把美的形貌与美的德行结合起来。这样，美才会放射出夺目的光辉。

·品读与欣赏·

美是人人追求的一种东西，尽管有的男性认为自己不追求美，但是追求美好的生活也是一种对美的追求。相比之下，女性对美则有着更强烈的欲望，女性都希望自己拥有一个美丽的容貌。这篇文章中作者也论述了这种情况，有一些人年轻的时候拥有美丽的容貌，但是老年却过着一种愧悔的晚年。这其中的原因就在于人们在追求美的时候忽视了对于美德的修饰。即便是对于美好生活的追求也应该用合法合理的手段，如果抛弃了德行，就会事与愿违，得到相反的东西。

·学习与借鉴·

1.开门见山的开头：我们写记叙文的时候常常会用开门见山的方式开头，在写议论文的时候也要用到这种方法。不过与记叙文的开门见山不同，议论文的开门见山常常是首先亮出一种中心思想。例如本文中，作者的标题是“论美”，结果作者一上来就把笔锋对准了美德，让人有些摸不着头脑，但是随着阅读的进行，发现作者认为最美的是那种美德和美貌相互辉映的人。这样开门见山的好处就是让读者能够快速进入所论述问题的中心。

2.全面深入的论证：任何议论文章都应该具有相应的思辨性，强大的思辨能够让读者对所论述的问题更加深入地思考。议论文的灵魂也就是作者的思想，作者的思想不应该以生硬的模式展现出来，而应该通过文章的思辨展现出来，让读者能够看到作者的思考过程，这是一篇议论文的最可贵之处。本文作者显示出很强的思辨性，第二段中对于例外情况的介绍就很好地为我们做了示范。

三十八、论残疾

残疾人和造物主多半是扯平了的，因为造物主对他们不仁，他们对造物主也同样不义。他们中大多数（如《圣经》所说）是“缺乏亲情”的，这样说来，他们也是在报复造物主了。

肉体与精神之间的确有种紧密的联系，一方若出了问题，那么另一方也会出差错的。然而，人对于精神境界是有一种选择能力的，而不像对于肉体的结构，只能受之于自然。所以人的品德和修养就如太阳，它的光芒可以使那些命定的星宿黯然失色。[1]因此最好不要把残疾当作一种标记（这种情形是容易欺人的），而是当作一种原动力，它的作用发挥起来通常也是很有效的。

残疾不是标记，而是原动力，这句话意在强调人们对残疾的看法和态度，从侧面表达了作者的观点。【意蕴深刻】

身体有缺陷者往往招人轻视，于是心里总挣扎着要把自己从轻视之中解救出来。因此残疾人都是非常勇敢的。刚开始，他们

①古代欧洲人认为，每个人每天的事情，包括性格脾气都和当天星宿有关。

的勇敢是为了自卫，但久而久之，这种勇气就变成了一种习惯。残疾人非常勤奋自强，尤其是勤于观察别人的弱点，以便寻求心理安慰与平衡。还有，残疾可以消除上司对他们的猜忌，因为上司认为这种人没有自己优越。残疾也可以麻痹竞争对手的戒心，因为他们认为这种人是没有升迁可能的。所以这么看来，对于才智超群的人来说，残疾倒成了一个使人飞黄腾达的有利条件。

古时的帝王们（现在有些国王也如此）常常很信任宦官之流，因为那些愤世嫉俗的人更乐于对独裁者效忠。但是那些帝王们虽信任宦官，却是把他们当作好密探和打小报告的人，而不是把他们当作好官吏。残疾人的情况也是如此。如果他们是有魄力的人，就一定要努力把自己从受人轻视中解放出来，而解放的途径要么用美德，要么用阴谋。因此残疾人有时成了了不起的人物，这是不足为奇的，例如阿盖西劳斯、苏里曼的儿子桑格尔、伊索、秘鲁总督加斯喀、苏格拉底以及许多其他人也可以算在这些人之内。②

文章最后总结了残疾人出人头地的两种方法，揭示出文章主题。【点明主题】

· 品读与欣赏 ·

其他文章谈及残疾人大部分是从残疾人的不幸和值得同情而

②阿盖西劳斯被称为“跛足国王”。桑格尔绰号为“驼背”。据《伊索传》记载，寓言大师伊索形体丑陋。加斯喀四肢奇长，苏格拉底据说貌丑。

谈。作者为什么没有选取这个角度，和作者写文章的立场有关，也和作者考虑问题的立场有关。作者考虑问题一般从政治层面出发，主要观察的是什么样的人在什么样的情况下有什么样的行为。作者观察得出残疾人在很多情况下的脾气性格并不尽如人意，这也反映了作者实事求是的性格。作者并没有对残疾人一概而论，对有的残疾人作者还是报以赞叹的口吻的。总体而言，作者对残疾人的态度，也许放在那个时代是先进的，但是在今天的社会却是不合适的。

·学习与借鉴·

1.论证得当：有些时候，我们推理的过程需要引入别人的理论，这有点像是引用名人名言或者格言。前者是为了论述用，后者是为了证明用。本文第二段开头就使用了别人的一种理论，认为精神和肉体有某种紧密的联系。然后运用这种理论进行论述，人们虽然不能选择自己的肉体，但是可以选择自己的品德精神价值。如果我们写文章的时候有着某种令人信服的理论，可以大胆使用，这对于增强文章的说服力很有帮助。

2.新颖的论证角度：每个人都有每个人观察问题的视角，我们写议论文一方面得要求文章的正确性，主要是论点的正确；另一方面我们要讲求创造性，对于一个问题的看法要有自己的独到之处，这就要求我们写出我们自己真实的看法。这篇文章就为我们做了一个很好的示例。关于残疾人的文章多半是写残疾人的不幸和对残疾人的同情，但是作者从政治立场出发得出了不同的结论，耳目一新，发人深省。

三十九、论谈判

关于谈判，口头谈比书信谈效果好，托人去谈比亲自谈效果好。但若想得到一个书面回答或预备将来有书面凭证可为自己辩护时，或谈话怕被人打断而断章取义的时候，还是书信交涉比较好。但当需要顾及情面时（如上司对下属），或在很微妙的局面中，需要通过察言观色来判断形势，或希望比较自由地表明自己的看法，则面谈的效果比较好。

句子很有节奏感，几个“比较好”构成了这种节奏感。【排比修辞】

托人交涉的时候，最好选择忠实可信的人，那些人肯照你的委托去做事，并且会向你如实地报告结果。不要选择那些巧于利用他人事务来谋求自身利益的狡诈之徒。同时要选择一些熟手，因为熟手办事快。此外，还要量才任用：勇敢的人可派他去争辩，巧言的人可派他去规劝，机警的人可派他去探询观察，脸皮厚的人可派他去办那些有点理亏的事务。对于已经证明办事效率高的那些幸运者，也应当任用，因为这种人有自信，并且也会努力保持他们的名誉。

在谈判时，旁敲侧击比开门见山好，除非作为一种让对方措手不及的手段，单刀直入也是可行的。与急于求成的人谈判要比与安于现状的人谈判好。如果谈判已讲好条件，那么谁先履行条件是问题的关键。谁也没有理由要求对方先尽义务，除非事件本身的性质需要如此。这时，要让对方觉得，将来在别的事情上你还有求于他，或者让他相信你是诚实可靠的，这样，对方才肯先履行义务。

一切谈判的根本问题，无非是观察对手或利用对手。当人们在信任、激动、无防备或急于求成之时，就会流露真情。假如你要牵制对手，就必须把握他的性情和习惯，以便引导他；或者把握他的目的，以便劝服他；或者把握他的弱点与短处，以便威慑他；或者把握对他有影响的人，以便说服他。

与狡黠的人谈判时，要认清他们的真实意图，以便明白他们的言外之意，并且尽量少说话，而所说的话要出乎他们的意料。在谈判碰到困难时，不可指望一蹴而就，而应认真策划，然后慢慢达到目的。

原则性的两句话放在一起，结束全文，文章更显得睿智深刻。【概括全文】

·品读与欣赏·

我们的生活中充满了谈判，很多人认为自己没有和人谈判的机会，这是因为没有对谈判这件事情有充分的了解。谈判并不只是如文章中所示的那样在政治、经济领域内谈判，我们生活中的小事也充满了谈判的机会，最明显的就是买东西需要谈价钱，这几乎天天都会遇到。读完这篇文章相信可以帮助我们学到很多实用的谈判技巧。还有很多时候我们需要跟自己谈判，自己在做一个决定之前，多种可能性在脑子里忽左忽右，到底选择哪个，这时就用到了谈判的艺术。

·学习与借鉴·

1.事实论证：每个人写文章都想让更多的人看到，如何让文章流传更广就是一个很大的问题了。我们可以发表在著名的杂志报纸上，这样受众无疑很多。但每天这些报纸都有数不清的文章，大部分文章都是看过就扔到一边了。如果这其中有真正能够给读者提供一种实用信息或者经验的文章，那么就会有读者将其收藏起来。这种文章是从自己的亲身经验得来，所以特别容易让人信服，本文就是这样。

2.善于运用修辞：增强语言气势的好处我们前文也说过，可以用排比修辞方法。但如果一篇文章大量使用排比的修辞方法，就会给人以华而不实的感觉，觉得作者是在故意卖弄技巧。很多时候我们是靠平实的语言来营造这种气势的。例如文章开始的几个“好”，因为每句话最后都以“好”结尾，这样读者读起来就有一种节奏感，也能形成语言的气势，而且有一种阅读快感。

四十、论门客与朋友

身价高的门客是令人讨厌的，他们唯恐自己像孔雀那样，尾巴长了而翅膀短了。所谓身价高的门客，不仅指那些开销大的人，也包括那些常惹麻烦的人。普通的门客，除了希望得到主人的善意相待、保护，以使其免受欺凌外，不应有过高的要求。主人不喜欢那些好党同伐异的门客，因为他们投靠主人并不是因为尊敬，而是出于对他人的不满。所以，我们常见到的那些大人物之间的误会，多半是由此而来的。同样，好吹牛的门客，到处张扬主人的名声，泄露机密，破坏事情，这不仅有损主人名声，还会为他惹麻烦，招来嫉恨。还有一种门客，也是很险恶的，他们实际上是一个奸细，常常探询主人家中的事务并报告给别人。然而这种人往往很受宠幸，因为他们很殷勤，而且愿意交换主人间的隐私。

对比身价高的门客和普通门客，表现作者对于二者的态度。【对比论证】

因丰功伟绩而受人追随（例如，一位久经沙场的人有许多军人追随），向来是合乎情理的，即使在君王眼里也说得过去，只要不过于张扬或过于得民心就是了。但最值得称道的一种门客，是因为看到主人懂得如何慧眼识人、人尽其才而追随的。

然而，若找不到德才兼备之人，任用比较平凡的有德之人比任用比较有才的人好一点。虽然在浊世中，有才干的人是比有德之人吃得开的。在管理上，对相同资历的人要一视同仁，若破格用人，则被用之人不免嚣张，而其余的人也要怨愤。因为他们资格相同，也希望得到相同的待遇。当然，在选择宠信时，可以对某人特施恩惠，这样做可使被用之人感恩至深，因而更加勤奋，因为升迁之望全出于主人的恩德。最妥当的办法是，对于任何门客，开始都不要给予厚待，否则以后是很难为继的。

偏听偏信某个门客是不妥当的。这样做显得主人很软弱，从而败坏自己的名声。因为那些在主人面前不能进言的人，在背后会批评那些得宠的人，这样一来，主人的名誉也受损害了。

然而，听从很多人的意见更不好，因为这种情形使得主人拿不定主意，变来变去，最终还是听从最后一个人的意见。采纳少数朋友的忠告是不错的，因为“旁观者清，当局者迷”，山在谷中才显其高。古人称颂的那种友谊，世间是很少的，在同辈之间更少。

世间的友谊只存在于上司与下属间，因为这两者是荣辱与共、休戚相关的。

文章最后说明友谊和上下级之间的关系。【点明主题】

·品读与欣赏·

门客是古代社会中有权势或者财力雄厚的大家族所庇护的一些有特殊技艺或才能的人。这些人或者精通艺术，或者办事能力强，或者有谋略，基本上跟主人是一种上下级的关系。无论是中国还是外国都有门客，这可以说是一种非常普遍的情形，所以作者在这篇文章中讨论门客和主人的关系的同时还兼论了一下友谊。作者对于友谊的看法很实际，认为古代那种纯真的友谊在现实社会中很少见，现实社会中的友谊多半是建立在利益关系上的。文章最后也说到了这一点。在这篇文章中作者讨论了一些用人的规则，很实用，都是作者的经验之谈。

·学习与借鉴·

1.论证方法恰当：在解释概念的时候要避免枯燥。人们不希望看到一篇犹如教科书一样的文章：前面是一个概念，然后冒号，冒号后面是对这个概念的解释。虽然我们写严肃的议论文的时候，为了强调这个概念的重要性，需要这样做，但是大部分时候我们写的议论文要给人以美感。这篇文章开头解释了什么是身价高的门客，作者先用这个概念打了个比方，然后再说所谓的身价高的门客如何如何，这样读者先看到的是一个比喻句，就比较容易理解了。

2.事实论证：很多时候我们举例子并不是举具体的例子，例如论证美好的环境有利于人们保持环境卫生，若举例说在装修整洁的商场内很少有人随地吐痰，你很难把这件事当成一个具体的例子叙述，只能是一句话带过。我们可以把这句话写到文章中去，也可以把这句话用括号括起来，好像一种题外话一样，读者在读文章的时候并不感觉这是有意在证明什么，而是实际情况就是这样，从而潜移默化地传达了自己的意见。

四十一、论请托

许多坏事和阴谋都有人去干，私下托人情也是有损公益的。许多美差落入坏人之手，我说的坏人不仅是指心眼儿坏的人，也包括狡猾的人，就是那种口是心非的人。有些人答应了替人办事，心里却并没打算切实去做；但是他们一旦看见这事通过别人的力量而有望成功的时候，就极想利用请托者所寄予的希望得到别人的感谢或报酬。

有些人受人之托，是为借机阻挠别人，或者借此为由来诋毁别人。而当自己的目的实现之后，他们就毫不关心所托之事的成败了，换句话说，这些人是利用别人所托之事来实现自己的阴谋。甚至还有些人答应替人办事，却存心想坏事，为的是以此来取悦请托者的仇敌或竞争者。

当然，每种请托之事总有是非之别。如果是为诉讼官司而托的人情，其中必有曲直之别；如果是为升迁托的人情，其中必有有才与不才之别。假如受托人偏爱有错的一方，那么他最好利用他的影响使双方和解，而不至于对簿公堂。假如受托人偏向不才的一方，那么他最好不要为了提拔不才的一方，而去诽谤、贬低那较为有才而值得升迁的人。

遇到自己不是很懂的请托之事，最好去请教一位忠实而有见识的朋友，让他看看这事究竟可做与否，但一定要审慎选择这种顾问，否则是会受骗的。请托人最恨办事拖拉或遭受欺骗。因此，若你不愿意办这件事，一开始就要说清楚；愿意办的话，就把进展实情告诉他；在事成之后，除应得的报酬之外不再有所求。这样处事才显得大方得体。

在请求恩遇时，事先请托是没什么作用的。但不可不考虑这人对我们的信任。也就是说，假若没有请托人的透露，我们是无从得知此事的，所以我们就不能白白地利用人家的消息，而是要通过其他手段，让他得到补偿。

不管事情的是非曲直一味徇私情是无良知的，不知所托之事的分量就轻举妄动也未免失之天真。做好保密工作是成事的好策略，因为事先声张虽可使一些请托者泄气，但也会刺激另一些请托者保持警觉，加紧活动。把握好请托的时机最是关键，所选的时机不但要合乎你所希望请托的人，而且要避开有可能破坏阻挠此事的人。

在选择受托人的时候，要选能办实事的，而不要选名望高的；要选专办某事的人，而不要选包揽一切的人。如果初次请托遭受拒绝，不要沮丧气馁，从头再来还是会成功的。假如所求之人正得宠，那么“所求过量，所获适量”是一条行之有效的规则；假如所求之人是不得宠的，最好循序渐进地提高自己的请求，因为人也许会拒绝新来的请托人，但不会拒绝曾关照过的老请托人，否则怕会失去这个人的好感与拥护，又抹杀昔日对他的好处。向一位大人物求一封推荐信，是最容易不过的请求，但假如这封信无正当理由，则有损写信人的名声。那些替人奔走、包揽所有请托之事的人是最为恶劣的，因为他们是妨害公务的罪魁祸首。

·品读与欣赏·

我们生活在一个人情的社会之中，如何处理人际关系和人情世故就是一门很大的学问。而托人办事或者受人之托办事是我们生活中经常遇到的。很多政治上的腐败就由此而生，作者很清楚这个问题，所以在文章的开头和结尾两次强调不应该随便托人情。但是，实际情况往往超过理论的复杂程度，现实生活中不可避免的要有这种事情发生，在发生了这种事情之后如何应对就是很关键的了。作者站在正义和公理的立场上，阐述了无论是请人办事或者受人请托办事应该要注意的问题，很多都是为了办成一件事的经验。但在触及到是非的时候，作者则毫不犹疑地站在正义的一方，对请人托关系而产生的不义进行谴责。

·学习与借鉴·

1.客观地分析问题：现实社会中的问题远比我们想象的要复杂得多，因此我们在讨论社会或者政治问题的时候，不能简单地一概而论，尤其是你的文章有可能在社会生活中产生作用，比如要写一个政府的调查报告，或者对某件事的看法以及解决办法。这就要求我们承认现实的不完美，同时也要有自己的原则。这篇文章就给我们做了一个很好的示范，作者的原则是不应该托关系走后门，但是现实往往不是这样，那么退而求其次，应该怎样在现实环境中保持自己的原则，就是本文需要解决的问题。

2.联系生活实际：在分析实际问题的时候，一定要全面。这就像是木桶效应，一个木桶的板子都很长，就是有一块板子短了，那么这个木桶所能装的水不是其他长板子能决定的，而是最短的板子。很多问题是各方面都很好，唯独一个方面没做好而导致全盘崩溃。所以在写这类文章的时候分析问题一定要比较全面，把问题的方方面面都想清楚，真正让你的文章能够运用于实际。

四十二、论读书

读书可以作为消遣，可以作为装饰，也可以增长才干。孤独寂寞时，阅读可以消遣。高谈阔论时，知识可供装饰。处世行事时，正确运用知识意味着才干。懂得事务因果的人是幸运的。有实际经验的人虽能够处理个别性的事务，但若要综观整体，运筹全局，却唯有学识方能办到。

读书太慢会弛惰，为装潢而读书是欺人，只按照书本办事是呆子。

求知可以改进人性，而经验又可以改进知识本身。人的天性犹如野生的花草，求知学习好比修剪移栽。学问虽能指引方向，但往往流于浅泛，必须依靠经验才能扎下根基。

狡诈者轻鄙学问，愚鲁者羡慕学问，聪明者则运用学问。知识本身并没有告诉人怎样运用它，运用的智慧在于书本之外。这是技艺，不体验就学不到。

读书的目的是为了认识事物原理。为挑剔辩驳去读书是无聊的。但也不可过于迷信书本。求知的目的不是为了吹嘘炫耀，而应该是为了寻找真理，启迪智慧。

书籍好比食品，有些只需浅尝，有些可以吞咽。只有少数需要仔细咀嚼，慢慢品味。所以，有的书只要读其中一部分，有的书只需知其中梗概，而对少数好书，则要通读，细读，反复读。

有的书可以请人代读，然后看他的笔记摘要就行了。但这只应限于不太重要的议论和质量粗劣的书。否则一本书将像已被蒸馏过的水，变得淡而无味了。

读书使人充实，讨论使人机敏，写作则能使人精确。

因此，如果有人不读书又想冒充博学多知，他就必须很狡黠，才能掩饰无知。如果一个人懒于动笔，他的记忆力就必须强而可靠。如果一个人要孤独探索，他的头脑就必须格外锐利。

读史使人明智，读诗使人聪慧，数学使人周密，科学使人深刻，伦理学使人庄重，逻辑修辞之学使人善辩。总之，“知识能塑造人的性格”。

不仅如此，精神上的各种缺陷，都可以通过求知来改善——正如身体上的缺陷，可以通过适当的运动来改善一样。例如打球有利于腰背，射箭可扩胸利肺，散步则有助于消化，骑术使人反应敏捷，等等。同样，一个思维不集中的人，他可以研究数学，因为数学稍不仔细就会出错。缺乏分析判断力的人，他可以研究形而上学，因为这门学问最讲究繁琐辩证。不善于推理的人，可以研习法律案例，如此等等。这种种心灵上的缺陷，都可以通过求知来治疗。

·品读与欣赏·

读书的好处的呼声从古至今从来没有停止过。人们通过读书可以获得的最明显的东西就是知识，而知识是人们从愚昧走向智慧的不可或缺的东西。智慧的人、有知识的人在生活中总是能够简单快乐，反而是那些自认为自己聪明、心计满腹的人过得不快乐。所以求知并不只是简单的求取，它对我们的生活有着直接的影响。本文开篇作者开门见山直接说读书的好处，有些好处虽然不那么冠冕堂皇，但是它确实也是读书能够带来的。后面又论述了人应该怎样读书和读什么样的书的问题。这篇文章充满睿智，不断有格言警句出现，是一篇非常精彩的小论文。

·学习与借鉴·

1.散文化的语言：有些议论文没有严格意义上的论证，这样的文章多半是作者智慧经验的总结，每句话都像是突然而来的灵感一样，字字珠玑，人们读了这些话再结合自己的生活经验，往往能够眼前一亮，豁然开朗。这样的文章如果加上繁琐的论证，就会削弱文章的美感。这篇文章就是这样，作者整篇文章很少论证，只是说读书的有关问题，但是经常有一些句子让你拍案叫绝。我们如果对某一个问题非常有经验、非常精通，心里面有很多这样的话，不妨试着这样写一写。

2.善于引用：写议论文如果文章中有几句近似格言警句的句子那么无疑会增添文章的文采，这样的句子不但来源于作者长时间的观察和思考，在表达形式上也有它的特点。如果我们能够熟练地使用些格言，就会让你的句子看起来古典文雅。不过这样做是有风险的，由于格言的错误使用而造成的笑话非常多。所以在使用之前应该确认没有问题，这个格言放在这里得体、大方，这样是最好的。

四十三、论党派

先抛出众人的观点，然后笔锋一转，起到突出自己观点的作用。【表明观点】

许多人错误地认为，君王治国或大人物做事，其政策的关键是兼顾各党派的利益与愿望。与此恰恰相反，最高明的治国策略是在总体规划上，能使各党派人士超越党派利益一致赞同，或与相关人士私下交涉。当然，我并不是说可以忽视党派。

出身低下的人，在升迁过程中，必须得依附一定的党派；但是出身高贵而势力强大的人，最好保持中立。即使初入仕途、不免有所依附的人，也最好保持温和的态度，使自己能为其他党派所容忍，这样，他才能仕途亨通。

弱小的党派凝聚力很强，我们常见，有些坚定的小党打败关系复杂的大党。党派相争中的一党倒下的时候，剩下的另一党就会自行分裂。例如，卢库拉斯①和罗马参议会中的贵族结成党派

①罗马议院中元老院一员。

（就是他们叫的“贵族党”），曾与庞培和恺撒那一派相持一时，但贵族党被打倒之后，恺撒和庞培就分裂了。安东尼和奥古斯都曾联手抗击布鲁塔斯与卡西乌一派，但当后者颠覆之后不久，安东尼和奥古斯都就闹翻了。这些例子是属于战争方面的，私人的党派之争也是如此。因此，有许多次要人物往往在本党分裂的时候一跃成为主要人物，但他们也往往不再起什么作用了，因为许多人在党派纷争中才起作用，一旦竞争对手消灭了，这些人也就失去意义了。

对于所举事例，解释一下更有利于读者的理解。【事实论证】

常见许多人入党结派，而当自己站稳脚跟后，便与本党的反对党串通。这些人心想，自己已经在一个党派站稳了，而现在是收买一个新党的时候了。这种叛徒是最容易成功的，因为当事情相持、悬而不决的时候，得到这么一个人的力量就可获胜，而他就能享受一切胜利的果实。在党争中保持中立的人，不一定是与世无争的，有时也是出于私利，为的是坐收渔翁之利。在意大利，当教皇们嘴里常说“众人之父”这几个字的时候，人们对这些教皇总是有点怀疑，认为他们凡事都有意往自己脸上贴金。

帝王们必须小心，不可偏向一方，不可介入党争。党争不利于王权，因为这些党派常要求成员尽一种义务，这种义务简直比人民对君主所承担的义务还要多，这种情况下，君主也成为“成员之一”，如法兰西的“神圣同盟”的情况就是如此。党派之争过于激烈的时候，就表明了君王的软弱，这是不利于王权帝业的。

非常巧妙的比喻，让读者一目了然。【比喻论证】

在君主制下的党派活动，就应当如天文学家所说的小行星的运动一样，他们虽可以有自己的“自转”，但不可以逃离王权中心的轨道。

·品读与欣赏·

在古今中外的政治活动中，党争是很重要的一个方面。人们历来批评政治之中的党派斗争，认为这就是为了大多数人的利益。而千百年来党争不断，也说明了党争是政治不可缺少的一部分。所以与其想办法避免不如想办法引导。人们如何在复杂的党派斗争中保持自己的原则，如何达到自己的政治目的，从而造福更多的人？这篇文章就把问题的焦点集中在了这些方面，而没有一味地批判党争。作者还讨论了帝王应该如何应付这些党争，这些诚恳而富有真知灼见的建议，对于一个想要管理好国家的帝王无疑是十分宝贵的。

·学习与借鉴·

1.联系实际：让自己的论点显得比较重要，并不只能通过在文章中反复强调。也可以通过对比，把你的论点置于一个相对比较重要的位置是一个方面，但是如果把你的论点放在众人的论点之上，则具有更明显的效果。就好比开会，很多人都持一个论调，这时你突然站起来说出另一种的看法，无论论点对错与否，肯定是比较惹眼的。写文章的道理也是一样。这篇文章开头先抛出众人观点，然后把作者的观点放到众人观点之上，这样作者的观点就得到了突出。

2.论据充分：有时候我们议论一件事，手头没有十分恰当或者确凿的事实论据，但有一些与此搭边的事例，我们可以把这些事例修改一下，同样能够起到证明论点的作用。文章中第二段作者就利用了这种方法。

四十四、论礼仪

才德超群的人可以不拘小节，就如没有衬托的宝石，只是因为自身的珍贵而受人厚爱。只要留心观察就会发现，得到赞扬称许的情形和生财获利是一样的。就如俗话所说：“薄利多销可致富。”因为小利来得频繁，而大利偶尔来之。同样，小小的举动常可赢得大大的称赞，小节更易受人注意，而表现伟大品德的机会则犹如盛大的节日，难得一见。所以，讲究礼仪的人一定能赢得好名声，正如伊丽莎白女王所说：“礼仪就好像一封永久的推荐信。”

简短的一段话中，有理论、有推理、有比喻、有引用，非常紧凑。【语言凝练】

要得到这封推荐信，只要细心就差不多行了。因为一个人只要重视礼节，他自然会从别人身上留心观察，另外，对自己要有信心。礼仪应该表现得自然大方，不可过于做作，否则就失去了礼仪的价值。有些人的举动好像在作诗，其中的每个音节都要仔细斟酌，如此过分拘泥，如何成就大事呢？对人不讲究礼仪的人，别人也会这么对他，从而放弃对他的尊重。尤其在与生人或讲礼貌的人交往时，礼节更是必不可少。但过于讲究礼节或太客套的话，就会让人生厌，并降低别人的信任。当然，在语言交际中找到一种表达切实又不失礼的方法，这是最为有用的。

在同辈之中不妨矜持一点，对待下属不妨亲近一点，这样一定可以得到尊敬。事事都过于客套以致惹人厌烦的人，是自贬身价。乐于助人是好事，但要显出这么做是出自对人的尊重，而并非因为天性如此。在赞同别人的话时，不妨附加一点自己的看法。例如，你赞成他的主张，但表述可以有所不同；你认同他的提议，不妨附带点条件；你赞成他的论断，不妨举出自己的理由。

需要注意，即使对很能干的人也不可过于恭维，否则，嫉妒者一定认为你是在溜须拍马，从而坏了名声。做事过于客套或拘泥小节常会贻误良机。所罗门说："看风的人无法播种，看云的人不能收获。"聪明的人创造机会，而不是等待机会。人们的举止应当像他们的衣服，不可太紧或太繁琐，应当舒适得体，以便活动自如。

> 文章最后作者总结全文，用比喻的手法让读者看得更明白。【比喻形象】

·品读与欣赏·

礼仪是保持自重的一项重要手段。人们经常说要想得到尊重，首先要尊重别人。这是从外在的礼仪方面说的。你穿衣得体，说话得体，礼貌适中，走到哪里都会受到人们的尊重。要想得到别人的尊重除了要尊重别人，还要注意一些细节，文章中还提到了很多小细节，这些小细节都是从尊重别人的角度考虑的，同时也能让我们的身心愉快。作者在讨论这些小细节之后，最后说出了保持良好礼仪的原则，那就是不可太紧或者太繁琐，舒适得体。知道了这个，我们的礼仪就有了指导原则。

·学习与借鉴·

1.凝练精彩的语言：我们写文章达到的最高高度就是让文章凝练。文章凝练包含两个方面，一方面是文章语言简练，另一个方面是文章意思蕴含丰富。用最简单的语言表现最复杂的思想是一件非常困难的事情，正如那些传颂千古的格言警句一样。如果不能达到那种高度，尽量用最少的话表达多的意思也是非常好的。文章第一段就为我们示范了这种方法，在一段中综合使用各种论证方法，使得文章紧凑简练。

2.说理方法恰当：议论文分为很多种，有的文章重在提出问题，分析这个问题对于我们的重要性；有的文章重在分析问题，对于已有的问题缜密分析；有的文章则是在解决问题上很有创见。但是如果在提出问题或者分析问题的文章中，提一两句解决问题的方法，则会使文章更丰满，同时也能启发读者的思路。文章中第二段就是这样，在段末提了一下解决问题的方法，让人眼前一亮。

四十五、论赞美

赞美如同镜子，能反映一个人的美德。如果赞美来自庸俗之辈，那就多半是虚假而无用的，因为它的追随者拥戴的只是虚名，而不是真正的有德之士。庸俗之人不懂得什么是真正崇高的美德，最肤浅的美德能赢得他们的赞美，一般性的美德能赢得他们的羡慕，而对于最高尚的美德，他们就没有识别力了，虚荣浮夸才最受他们欢迎。名誉就好像一条河，能漂起轻浮之物而淹没沉重坚实之物。但若有识之士同声赞美某人，那么这赞美就如《圣经》所说的“美名犹如香膏”，它香气四溢且不易消逝。因为香膏比花卉更能散发出持久的香气。

虚假的恭维太多，则令人不得不怀疑。有一种赞美只是出于谄谀。普通的谄谀者，只会说些对谁都适用的套话；高超的谄谀者，会找到别人最为自鸣得意的长处，然后大加称赞；而最大胆的谄谀者，会找出别人最为难堪并深以为耻的弱点，拼命说这是种长处，让他“自我陶醉”。

有些赞美出自善意与尊敬，这种赞美是对帝王或大人物们应有的礼节，这就是“以赞美来引导”。就是在赞美他们是如何如何的时候，实际上是在告诉他们应当如何如何。有些赞美其实是恶意的，因为这样可以引起别人对他们的嫉妒。“最阴险的仇敌就是那些假意赞扬你的人。”所以希腊人有句成语：“恶意恭维的人鼻子上要长疮。”就好像我们所说的“说谎的人舌头上要长疮”一样。恰如其分又不俗气的赞美是有好处的。所罗门说：“清晨起来，大声称赞朋友的人，就等于是在诅咒朋友。”

把人或事过于夸大，必会招致反感、嫉妒与轻蔑。一个人自我夸赞，除极少数情形外，是不得体的；但如果是在赞美自己的职责与职业，则有权值得自豪。罗马的主教们都是些神学家、修道士、经学家，他们藐视从事实际事务的人，把一切从事战争、外交、司法及其他行业的都叫做“管事的”，就是“州吏助理”的意思，好像所有这些事都是由州吏助理和管家人来办一样。其实这些实际事务比他们深奥的言谈要有用得多。圣保罗在自夸的时候，常常加上一句：“我说句大话。”[①]但在说到他的职责时，他就说：“这是我神圣的职责。”[②]

·品读与欣赏·

人人都想得到赞美，对于赞美，一般人觉得应该只多不少，但

①见《新约·哥林多前书》。

②见《新约·罗马书》。

是很少有人分析这些赞美出自人们的什么心理。在这篇文章中作者讨论各种赞美的心理动机，看看有哪些赞美是应得的，哪些赞美背后有着阴险的目的，或者这些赞美本身就是毒药。对于这一问题，历来的思想家和哲人都有过论述，作者也是站在他们的基础上进行论述的。文章中大量援引历史上著名人物对于赞美的看法，增添了文章的文采。同时作者在论说别人的赞美之余，还论述了自夸和职责的关系。文章最后一段引用了圣保罗的对于职责和自夸的态度，值得我们学习。

·学习与借鉴·

1.活用论据：如果所讨论的这个问题历史上已经有很多人讨论过，已经有很多名人名言流传世间，那我们就不应该无视这些已有的智慧结晶。如果可能的话，我们需要把它们找出来，我们的讨论应该建立在他们的基础上。如果不能提出自己的创见，那么把这些零散的智慧集结起来对于读者也是十分有用的。如果有自己的创见，在论述自己的论点的时候，大量援引别人的话论证自己的论点也是很好的办法。

2.善于引用：我们写议论文的时候经常需要其他的理论来论证自己的看法，那么我们的理论从哪里来呢？本文的作者就给了我们很好的提示。作者很多时候都是从《圣经》中援引一些话语或者事情。这是因为在当时那个时代，《圣经》是家喻户晓的，是人们都顶礼膜拜的经典，引用它当然会增强文章的信服力。我们写文章引用道理的时候，要尽量从那些经典的、人们都普遍承认的书中援引，引述一本谁都不知道的书是不太恰当的。

四十六、论虚荣

《伊索寓言》里有个故事写得妙："苍蝇坐在战车的轮轴上说道：'看我扬起了多少尘土啊！'"贪图虚荣之人就像这只苍蝇一样，任何事情只要和他们稍沾点边，就炫耀是自己的功劳。好炫耀者必定喜欢争来争去，因为一切的炫耀都要靠比来比去。他们又是不能保守秘密的，所以常做不成什么事情，倒是应了法国的一句谚语："雷声大，雨点小。"

然而在政事中，这种爱吹嘘的品性也是有用处的。每逢人们需要虚张声势的时候，这些人就是很好的吹鼓手。如李维曾说："对双方的谎言有时是有奇效的。"①例如，有人在两位君王之间交涉，想说服他们联合起来向第三者开战，他就会在双方面前都言过其实地夸大对方的兵力，并夸大自己在另一方的影响力，以提高双方对他的信任。所以在诸如此类的事件中，往往会产生无中生有的结果，因为谎言足以引起信念，而信念能推动行动。

①见李维《罗马史》第35卷第12章、17章和18章。

对军队将士而言，虚荣心是不可缺少的。正如钢铁因磨砺而锐利一样，虚荣心可以激发斗志。在冒险的大事业中，爱说豪言壮语的人能够激发斗志，使人奋进；而那些天性谨慎持重的人，则犹如压舱物，而不是风帆。在学术上，若没有一些夸耀的羽毛，名声则难以飞腾起来。“写《轻视虚荣》一书的人，也不反对把自己的名字印在封面上。”[②]

苏格拉底、亚里士多德和盖伦[③]都是爱夸耀的人。虚荣心的确能使人流芳百世，所以，以才德为扬名手段的人比以才德本身为目的的人更能获得好处。西塞罗、塞涅卡、小普利尼[④]的名声，若不是与他们的虚荣心连在一起的话，也不会经久不衰的。这种虚荣心就如天花板上的那层油漆，使得天花板不但耀眼而且能够持久。

说了这么多关于“虚荣”的事，我还没谈到塔西佗评论缪西阿努斯的那种特性，[⑤]就是“他有一种能够巧妙地炫耀自己一切言行的本领”。这种特性并非出自虚荣心，而是出自天生的豪爽与胆识，在某些人身上，这种特性显得得体而高尚。大度、忍让与节制得宜的自谦，其实都是炫耀的一种技巧。在这些炫耀的技巧中，小普利尼所说的那一种是最好的，那就是，毫不吝啬地多多赞扬和你有相同长处的人。小普利尼说得很巧妙：“称赞别人其实是替

②见西塞罗《图斯库兰谈话录》第 1 卷第 15 章。

③盖伦（129~199），古希腊生理学家和哲学家。

④小普利尼（62~113），罗马帝国作家。

⑤缪西阿努斯，约为公元前 1 世纪人，罗马帝国叙利亚总督。

自己做好事，因为他不是比你出色就是比你逊色。如果他比你逊色，那么他既然值得赞扬，你就更值得赞扬了；如果他比你出色，那么假如他不值得赞扬，你就更不值得赞扬了。”

自我吹嘘者是明哲之士所轻视的，却是愚蠢之人所羡慕的，又是谄媚之徒所奉承的。而对他们自己来说，则是受虚荣心驱使的奴隶。

·品读与欣赏·

虚荣是人性当中的一个明显的缺点，作者开篇就说这种缺点的坏处。然后文章笔锋一转，说虚荣在政治、军事上都是有用的。并且文章中还列举了很多贤明之士也有虚荣的毛病，可见虚荣在人类的性格中是多么根深蒂固，同时虚荣在人类社会中又是多么的司空见惯。作者还在文章中讨论了一个特殊的例子，这个特殊的例子使得虚荣的做法表现出一种高尚的情调。作者分析这样做的技巧，并且说这些技巧虽不是出自虚荣，但是客观上是一种炫耀。最后文章再次申明了作者对于虚荣的看法，并且指出，虚荣可以让人们成为它的奴隶。

·学习与借鉴·

1.恰当引用：如果我们引用名人名言或者格言警句的时候都把作者的名字写上，有的时候就会显得很繁琐，能够经常变换方式把作者的名字表现出来是很好的。但是对于有些名言，读者们很清楚这是谁说的，那就不用再说名字了，说出来反而会显得画蛇添足。例如那些整天在人们耳边回响的名人名言，在文章中引述的时候完全可以灵活一些。还需要注意的是，这些名人名言一般不能发挥很大的论证效力，因为人们对司空见惯的道理总是置之不理。

2.灵活多样的事实论证：灵活多样不是为了欺骗读者而编造事实。例如文章中第二段作者对于三个国家交战的论述，就是作者构建的一个事实论证。这相当于数学或者物理学中的模型，虽然不是事实，但是能够充分说明事实道理。用这样一个模型来说明问题，是为了让问题更加简单明了好理解。但是我们在使用这种方法的时候要有事实的根据，不可凭空捏造，更不能无中生有，这样才能起到增强论述的作用。

四十七、论荣誉

荣誉应当如实地反映一个人的才德和价值，有些人的所作所为极力追求荣誉，结果常受人议论，却很难受人敬重。有些人则恰好相反，他们的才德深藏不露，因而一般人会低估他们。

有些事从未有人做过；有些事前人尝试过，却半途而废；有些事前人虽然做了，却做得不够完美。若能完成这些前人未竟的事业，那么他所得到的荣誉会远远多于仅仅追随别人做事的人，哪怕后者的事业更艰难、更高尚。假如他的为人处世又能让各党派满意的话，那么对他的赞美之歌就更多了。

有的人在荣誉上常做些得不偿失的事情，那么他就是个不善于爱惜自己荣誉的人。超越他人所得的荣誉是最耀眼的，就如同经过切割的钻石一样。所以一个人应当竭力战胜竞争对手，在可能的范围之内，用对手的弓射得比对手还远。谨慎有识的仆役是大有助于名誉的。“一切名声都来自家人。”嫉妒心是蚕食荣誉的害虫。要想消灭嫉妒心，最好的方法是表明自己是在追求事业的成功而不是追求名声，并把自己的成功归功于上帝和幸运，而不是归功于自己的聪明才智。

君主的荣誉可分成以下几个等级：第一等是那些开国之君，如罗穆卢斯、萨拉斯、恺撒、奥斯曼、伊斯梅尔；[①]第二等是那些立法者，这一类的君王也叫做“万世之君”，因为他们创立的体制垂范后世，例如莱卡斯、梭伦、加斯提尼安、埃德瓦以及立“七法”的喀斯提王阿尔芳撒斯；[②]第三等是“解难之君”或“救国之君”，他们使国家摆脱内战的长期困苦，或把国家从异族或暴君的束缚下解救出来，例如奥古斯都大帝、韦斯帕西思、奥兰斯、西奥道瑞库斯、英王亨利七世、法王亨利四世等；第四等是“扩疆之君”或“保国之君”，他们用光荣的战争扩张疆土，或用光荣的自卫战抵御侵略者；最后一等就是那些“国父”，他们治国有道，使他们所处的时代成了太平盛世。后两种都不需要举例子了，因为这样的君主太多了。

臣民的荣誉可分以下几个等级：第一等是“为主分忧之臣”，他们为君王分担重任，就是我们所说的“君主的左右手”；第二等是“统兵大将”，即伟大的统帅，他们辅佐君王，在军事上建立丰功伟绩；第三等是“宠信之臣”，他们能得君心而不扰民；第四等是“称职之臣”，他们身居高位而能尽心尽职。还有一种荣誉是

①他们分别为：罗马城创建者、波斯开国之君、罗马共和国至罗马帝国的过渡者、奥斯曼帝国的开国者、伊朗萨非王朝创立者。

②莱卡斯，古代斯巴达的立法人；梭伦，古雅典政治家；加斯提尼安，拜占庭帝国皇帝；埃德瓦，英格兰第一位立法者；阿尔芳撒斯，西班牙国王。

罕见的，可列于最高等的荣誉之中，就是为国捐躯或赴汤蹈火的烈士，例如马喀斯·瑞古拉斯和戴西亚斯父子。

·品读与欣赏·

人们追求荣誉有着自身的心理原因，或者因为自己的虚荣，或者因为想要赢得他人的尊重，或者为了光宗耀祖等等，反正荣誉带给人的远比人们想象的要多。但在现实情况中人们追求荣誉却常常被别人笑话，结果事与愿违。原因是在于这些人不清楚如何才能使得自己从众人群中一跃而起。作者从几个方面讨论如何才能出人头地，或许是一种技巧或许是一种投机，但是作者开篇就已经说，真正的荣誉是属于那种德才和荣誉相配的人。文章最后也再次点明，作者最为欣赏的是那种为了国家和民族利益牺牲自己的人，这样才是最大的荣誉。

·学习与借鉴·

1.善于运用修辞：我们都有一个经验，那就是背古诗要比背诵古文容易一些，原因就是古诗每句话字数相等，而且最后一个字一般都押韵，读起来朗朗上口。而古文就没有这个优势。所以我们在写文章的时候如果要想使得自己的文章被读者喜欢，那么做到朗朗上口的文字感觉是一个不错的选择。例如这篇文章中作者就巧用多种修辞，使文章读来大气，让人记忆深刻。

2.巧妙安排结构：有些议论性的文章看起来逻辑性并不是那么强，好像作者东一榔头西一棒槌，但是读起来却能给人美的感觉。这是因为作者的文章虽然看起来很散，但是文章的内蕴非常连贯，这就是所谓的“形散神不散”。正如这篇文章一样，作者论述荣誉的时候看起来非常散乱，尤其是第三段，一会说荣誉，一会说仆役，一会又说嫉妒，但是段落要讨论的意思始终是怎样才能获得荣誉，不偏离主论点，这么多的论述才会看起来有个主心骨。

四十八、论法官

司法者应当认识到，他们的职责在于司法，而不是立法。也就是说，只是解释和实施法律，而决不是制定或更改法律。否则，法律本身就形同虚设。这一点，可以借鉴罗马天主教会的经验。试看罗马天主教的僧侣们是怎样假借《圣经》的名义，根据需要随意加以解释或杜撰，用以满足自身私欲的吧！

对于法官来说，学识比机敏重要，谨慎比自信重要。摩西的戒律说："私迁界石者必受诅咒。"而篡改法律的人，其罪行比私迁界石者更重。应当懂得，一次不公正的裁判，其恶果甚至超过十次犯罪。因为犯罪虽是冒犯法律——好比污染了水流，而不公正的审判则毁坏法律——好比污染了水源。所以所罗门曾说："谁若使善恶是非颠倒，其罪恶犹如在水井和饮泉中下毒。"

以下我们来分别讨论一下司法与诉讼、律师、警吏以及君主和国家的关系问题。

第一，关于诉讼人。《圣经》上曾说："诉讼是一枚苦果。"而拖延不决的诉讼更给这枚苦果增添了酸败的味道。法庭和法官的主要使命，是针对人间的暴行与欺诈。明目张胆的暴行固然是凶恶的，而精心谋划的欺诈，其隐患也绝不亚于暴行。至于那种无事生非的诉讼，就应当排除之而不要使法律被它们干扰。法官应当为做出公平的裁判准备一切必要的条件，犹如上帝为人间所做的那样，削平山岗，填满崎岖，以铺平一条正直的道路。面对复杂的案件，法官不应向任何压力屈服，也不可被任何诡辩、阴谋迷惑。法官也不应滥用威权，依靠压力逼供诱供必出冤案，正如“擤鼻过猛会流血”。在处理刑事案件时，法官尤其不应该把法律作为虐待被告的刑具，而应懂得，制定法律的目的仅仅在于惩戒。要知道，世间的一切苦难之中，最大的苦难无过于枉法。

利用俚语、俗语来证明，让道理显得更明白、更简单。【引用论证】

执法也不能过于苛刻。不能把法律变成使人民动辄得咎的罗网。在审判时，法官不仅应当考虑事实，还应分析与事实相关联的背景和环境。对已过时的严刑酷法，要限制其实行。“注意情节，也应当权衡情理，这同样是法官的职责。”特别在审理人命攸关的案件，在考虑法律正义的同时也应当有慈悲救人之心。以无情的目光论事，以慈悲的目光看人。

第二，关于律师与辩护的问题。耐心听取辩护是法官的重要责任之一。法官在审判时，随意打断或否定律师的辩护，或者预先讲出律师可能做的辩护以显示自己的明察，以致在听取调查和辩护之前就抱有如何判决的成见，是不利于保证司法的正义性的。

法官在审判时，有四件任务：

一、调查证据；

二、主持庭审时的发言，制止与审判无关的话题；

三、宣示审判所根据的原则，总结案情；

四、根据法律宣判。

如果超越这四件事之外，那就做得太多。作为法官，如果缺乏听取证词和辩护的耐心，如果记忆力低钝，如果注意力不集中，就不能做出公平的裁决。但是法官也不应当轻易被律师的滔滔雄辩打动。法官应当知道，他所坐的位置也就是上帝的位置。所以他应当像上帝一样，扶助那弱小的，压制那强暴的。法官与律师的关系不可过从太密，否则就难免有不公正的嫌疑。对于正直而主持公道的律师，法官应当表示赞许，而对于歪曲事实真相的律师，则应当给予批驳。

第三，关于法庭的警吏。法律的神圣性，不仅体现于司法者身上，而且也体现于执法者的身上。《圣经》上讲："从荆棘丛中采不得葡萄。"同样，法官如果被贪赃枉法的警吏围绕，那么从这里也是绝不可能得到公正的果实。法庭中的警吏绝不可能用四种人：包揽诉讼的讼棍，借司法以谋私的法院寄生虫，狡黠之徒，敲诈勒索之徒。有人把法院比作灌木，当有困难的人像逃避风雨的羊一样钻入丛中，难免会刮伤皮毛。而如果法庭中有了这几种人，那么恐怕就不仅是掉点毛的事了。但是另一方面，如果法官的助手们正直而富有经验，则是难能可贵的。

第四，关于君主和国家的关系。一名法官首先应当牢记罗马十二铜表法结尾的那个警句："人民的安全就是最高的法律。"应当知道，一切法律如果不以这一目标为准绳，则所谓公正就不过是一句梦呓，而所谓法律则不过是不灵验的谶语。法官与君主和政治家负有共同的使命，他们应当携起手来，以避免司法与政治发生矛盾。在制定政策时，执政者要考虑到法律。在执法时，司法者要考虑到政治利益。司法的重大错误，有时是可以引起政治变乱甚至国家倾覆之危的，所以，法律与政策决不是对立的，而是密切相关的。在所罗门王的宝座前，站着两只狮子，法官就是王座前的狮子。但他们也应知道，狮子毕竟只是狮子，只能蜷伏在王座之下，而不能凌驾于君权之上。法官的最高职责，就是贤明地依据法律做出裁判。对这一点，圣保罗讲得好："我们知道法律体现着正义，但这也要人能正确地运用它。"①

引用亘古不变的原则突出作者对法律的看法。【引用论证】

最后点出文章的论点，法官的作用就是运用好法律。【点明主题】

·品读与欣赏·

法官代表了一个社会的正义和良心，如果一个社会中每个法官都贪赃枉法的话，那么这个社会一定是个动荡的社会，人们会认为，

①见《新约·提摩太前书》第1章第8节。

既然没有公平可言，就自己寻找公平，于是各种暴力就会永不停歇。这一点作者在文章的最后一段说得很清楚，并且还引用了法律的经典罗马的十二铜表法来佐证自己的看法。作者生前是一位大法官，所以对于法律方面的事情非常熟悉，作者在这篇文章中把法律和社会几个层面的关系都说到了，认为法律在社会中非常重要，而掌握法律的法官则是重中之重。除此之外，作者还讨论了法官应该把自己摆到什么位置，作者很看重法官的位置，认为法官断案应该像上帝一样公正不阿。

·学习与借鉴·

1.善于引用：有些俚语俗语我们写文章的时候不太敢使用，觉得这些话都太粗糙了，放到文章中害怕影响文章的格调。但是越是这种俚语俗语，越能够用最鲜明的形象说一个最深刻的道理，如果我们能够运用得当，会起到非常好的效果。不但能够增强文章的说服力，还能够使得文章充满幽默的趣味。就像作者在第四段中使用的一样，人们看过就不会忘，同时还能会心一笑。但是需要注意的是使用这种俚语俗语要放对地方，对于过于严肃的话题则不使用为妙。

2.条理清晰：有些时候我们非常想让通过我们分析得来的宝贵句子突出出来，于是，有的标号，有的反复说明，有的放在文章的开始或者结尾。除这些方法外，这篇文章还为我们提供了一种方法，就是把总结出来的句子首先标号，然后分段放在文章中，这样就不用为了放在哪个重要位置而发愁了。这样排列后，无论放在文章的哪个部分都是非常醒目的。但是需要注意的是，每条的文字不宜过长，否则就会和其他段落混淆，起不到突出的作用了。

四十九、论愤怒

斯多葛派的哲学家认为人应该完完全全地消除怒气，但这是不可能的。我们有一句比较切实的启示：“可以生气，却不可犯罪；可以愤怒，但不可含恨终日。”对于怒气，必须从程度和时间两方面加以控制。我们有三个问题需要探讨：第一，如何调节和控制容易发怒的习性；第二，如何避免发怒的行为及其造成的恶果；第三，如何使别人发怒或息怒。

关于第一点，别无他法，只有好好地反思发怒所造成的后果及其对生活的破坏，做这种思考的最佳时机是在怒气平息之后。塞涅卡说得好：“怒气犹如下坠之物，将自己粉碎于所坠之处。”《圣经》教导我们：“忍耐能保全我们的灵魂。”无论是谁，丧失了忍耐，就丧失了灵魂。人们决不可像蜜蜂那样“把它们的生命留在所蜇的伤口之中。”怒气确是一种低贱的性情，受它摆布的常常是生活中的弱势群体，如妇女儿童、老弱病残。因此，人们必须注意，如果免不了生气时，要在怒气中带有轻蔑，而不可带有恐惧，这样可使自己不受伤害。这是很容易办到的事，只要记住上述方法就行了。

关于第二点，发怒原因有三。第一，过于敏感而容易受伤害。因此，脆弱敏感的人很容易生气，在心理稳健的人眼中的很多芝麻小事都足以刺激他们。其次，当人遭受饱含羞辱的伤害时，也特别容易发怒。因为羞辱会使怒气更加旺盛，甚至比伤害本身还要厉害。因此，当人们对羞辱的情形过敏时，就忍不住怒火中烧。最后，让人名誉受损的坏话也着实使怒气更加旺盛。在这种情况下，最好的调剂方法是如康萨弗[①]常说的那样，人应当有一种“绳索较粗的荣誉网”。但是在所有的息怒诀窍中，最好的调剂术是延长时间，并使自己相信，报复的时机尚未来到，但已经可以预见。这样就可以默默等待机会的到来，而不是立刻发怒。

要想发了火而不招致祸患的话，有两件事情要特别注意。一是言语不可过于尖酸刻薄，甚至牵扯别人的隐私。发一下牢骚是不要紧的，而在发怒中不可泄露秘密，否则大家是不能接受的。另外，不可一怒之下丢下该做的事情，无论你怎样地表示愤懑，都不要做出任何无法挽回的事来。

至于使别人发怒或息怒，关键在于把握好时机。要激怒人的话，就选择在人最急躁或心境最坏的时候。此外，把你所能找出来的事情都集中起来，以加重对他的羞辱。息怒的方法则与此相反。其一，与人提及某种可恼之事时，要选择恰当的时机，因为

①康萨弗（1453~1515），西班牙著名将军。

第一印象是很重要的；其二，要设法让人觉得他所受的伤害并没有羞辱的成分，而把这种伤害归因于误会、害怕、激动或其他原因。

·品读与欣赏·

我们每个人都在生活中遇到过愤怒的情况，但是很多时候人们并没有达到愤怒的程度，只是生气而已。如果生气后不能自己排遣，生气会自己积累能量，最后达到愤怒的程度。到了愤怒，人就很难控制自己了。如果问一下因出于愤怒做错事的人们，他们大多会非常后悔，因为大多数人根本不知道自己干了什么。所以学会如何控制自己的愤怒是十分重要的。文章中作者很详细地介绍了应该如何控制自己的情绪，提出了一些非常实用的方法，我们不妨在生活中试着使用。

·学习与借鉴·

1.用词准确：当我们写文章的时候会有一些经验性的，或者操作性很强的提示。目的是希望人们不要出错，因为人们总是听某件事情的时候很好理解，但是做起来却累累犯错。所以我们为了强调这些经验和操作的重要性，让人们对它重视一些，以便实际操作的时候少犯错，可以使用“必须注意”“特别注意”等一些词语，这样就好像演讲当中，大吼一声，人们都更容易侧耳倾听下面的话。

2.注意细节：这篇文章在很多地方都有标号。通过这篇文章，我们可以学习如何灵活地标号。一篇文章如果标号过多的话，处理不好会给人繁琐重复的印象。作者就很好地处理了这些标号，比如可以说第一、第二、第三，可以说其一、其二、其三，还为了避免重复，最后一点不说第三或者其三，而说以至于如何如何，这些都是很小的细节技巧，但如果处理不好，也会使得一篇文章毁于一旦。

五十、论变迁

所罗门说："阳光之下本无新奇的事物。"柏拉图也认为，"一切知识不过都是旧知的回忆。"所罗门恰好也有相似的见解，他认为，"所有被认为新奇的事物，都只是由于已被人们遗忘了而已。"

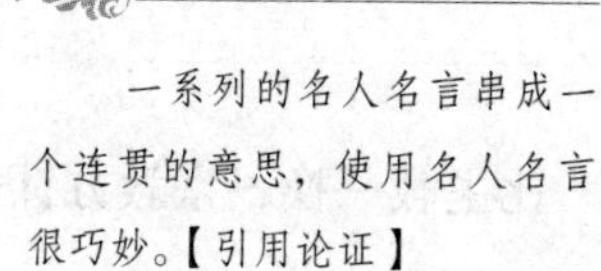
一系列的名人名言串成一个连贯的意思，使用名人名言很巧妙。【引用论证】

照此说来，那条地狱中的"忘川"，①似乎也同样流动在人世中。但又有一位不甚知名的占星家却说过："除了两种永恒之物，世上没有一事是永恒的。"他所说的两种事物就是：第一，天上的恒星。第二，行星的运行轨道。实际上，地上的万物常变不息，永无休止。最终无不被一张大尸衣席卷而去。那张尸衣，就是地震与洪水。至于火灾与旱灾，似乎并不能完全毁灭人类。但一场巨大的洪水与地震，却完全可以毁灭一切。

如果我们仔细研究西印度群岛的历史，就会发现它们的历史

①希腊神话中，地狱冥国有一条忘川。

似乎还很短。而很可能的是，他们正是地震或洪水劫后的残生者。有位埃及僧人曾告诉梭伦：“大西洋中曾有一个巨大海岛在一次地震后被海水吞没了。”尽管地震在那个地区似乎并不多。但另一方面，美洲的河流却流势浩大，旧大陆上的大河与之相比也不过只是小溪。那里的山峰也比我们的高得多，例如安第斯山就是如此。假如没有这些高山，这些居民可能到今天早已被淹没在那些洪水中了。当地那宗教教派间的斗争，也可以使人们忘却历史，但我看这种狂热却很难持久。好比主教一换，宗教方针也就可能随之而变了。马基雅弗利则认为，天体的变迁是不该讨论的。也许当宇宙各种星球经历了柏拉图所谓的“周期”之后，一切发生过的事物就还会重演一次，当然这种重演是广义的，倒未必是指一定要发生曾出现过的一切。

前文说自然界的变化运动，这句说社会的变化运动，照顾全面。【前后照应】

彗星的周期是明显的，它对人间事物到底有何种力量？天文学家们至今只是关心它的运行方式，却很少注意它们给人类带来的结果。此外，也往往忽略了各种彗星的分类。

我曾听说荷兰人有一种奇特的信念，认为每隔三十五年，便会有同样的年成和气候出现。如霜、雪、大雨、大旱、暖冬、凉夏等等。我之所以特意提到这一点，是因为我好像确实观察到这种情况。

现在让我来谈谈人世间的演变吧。其中最重要的事应当属于宗教，因为宗教是人类灵魂的支配者。唯一真正的宗教必然具有坚如磐石的基础，而各种异教则只是漂浮于时间海洋中的泡沫。

至于新的宗教需要什么条件才能兴起，我也想谈谈我的浅见。

当人们对于现有的教义意见分歧时，当主教及宗教领袖的生活腐败、行为不检时，当一个时代既愚昧而又野蛮时，那么只要有人倡导，就可能建立一种新的宗教。穆罕默德当年就是如此。但假如没有以下两点，这种情况就永远无需担心：第一是出现了对权威的蔑视；第二是人们放纵无忌。

至于思想上的异端邪说，虽然可以败坏人的心灵，却难以结成大的力量，除非借助于政治上的支持者。新宗教的创立，往往需要借助三种形式：一是利用“奇迹”；二是利用宣传；三是利用武力。殉教杀身的行为，也属于奇迹之内。因为这种行为往往是表示一种超人的精神力量。虔诚的修炼，也同样应包括于奇迹中。

防止异端兴起的最好方法，是改革旧宗教已有的弊端。对于枝节之争，则应力求妥协。处理方法应当灵活，尽量避免迫害和流血。对于异端的首领，与其压迫他们，不如招抚他们。在战争中，变局出现往往很快。这里有三种因素：(1) 战场；(2) 武器；(3) 战术。在古代，战争往往来自东方。波斯、亚述、阿拉伯、鞑靼这些侵略者都是东方人，高卢人是西方人。但在欧洲历史上他们只发动过两次战争，一次是古柯西亚，[②]一次是古罗马。此

②今土耳其境内。

外，我们在历史上经常看到北方民族侵略南方，由此可见北方也是好战之地，究其原因，不知是否由于战神在北，还是由于北方的地气寒冷，使人性也冷酷。内战常是国家破碎的原因。因为统一的力量已不存在，国内不同的民族就可能寻求独立。罗马帝国灭亡时如此，查理曼帝国也如此，西班牙帝国早晚也会如此。一个称霸于世的国家，迟早会灭亡。一个人口太多的国家，也是如此。人口压力如果大到本国养活不了的程度，就不得不移民于外部。和平的方式不行，就只好采用武力。

关于战争的武器，在不同的时代也大为不同。印度人很早就发明了火炮。而据说中国人在几千年前已发明火药。这种武器的发明，使人们可以远距离作战，从而减少危险。因为对武器的要求是，既要灵巧轻便，又要有大的杀伤力。

至于作战的战术，最初人们依靠的是战士的数量；后来开始重视技巧和策略，包括运用地形、埋伏与迂回等等。

当一个国家初创之时，往往重视武力。及至基础稳固，就转而重视教育与学术。而在成熟的时代，将特别重视工业和贸易。学术也有儿童时代，那时它才萌芽而且往往是幼稚的。在少年时代，它是旺盛但是浅薄的，此后才能进入灿烂辉煌的成年期，等鼎盛时代一过，就不可避免地进入中年时代的衰微和枯萎。以上我们展望了变迁转动的历史之轮。这是足以令人眩晕的。至于验证这些理论的史实，本文就不想一一引证了。

上文详细谈了战争方面的历史演变，这段简略介绍其他方面的变化。【详略得当】

·品读与欣赏·

世间的万事万物都是发展变化的，认识到这一点对于人们非常不容易。人们总是固执地认为一些事物可以永久存在，于是就有了永恒的思想，期待感情的永恒，期待自己寿命的永恒，期待自己财产的永恒。其实这都是人们自私意识的一种反映，人们的自私阻碍了人们的智慧，让人们看不到事物的发展变化。作者深谙事物的发展变化之理，首先从自然界说起，因为这是最容易看见也是最容易理解的变化；作者又从政治方面开始探讨，首先是和政治息息相关的宗教问题，其次是战争问题，最后又简略说了其他方面的变化。作者从历史的角度，把人类社会的变化过程讲得很具理论性。

·学习与借鉴·

1.引用名言：文章的第一段中作者把很多名人名言串联起来，让他们形成一个连贯的意思。这种方法给人以雄辩的感觉，仿佛作者对一个问题非常了解，论述问题的时候能够旁征博引。我们如果对一个问题能够拥有大量的材料的话，也可以试着使用这种方法，但是需要注意的是所引用的这些名人需要都是一个层次上的，最好不要有的有名气，有的却不为人所知，这样就会削弱文章的说服力。

2.善于分析：论述文章不应非得是斩钉截铁的语气，对于有些存疑的问题不妨提出来让大家思考，有时候提出问题就能够开阔读者的思路，同时也表现出作者对待问题的审慎态度。但是我们提出问题不要单纯地提出问题，而要对问题有个基本的概述，或者有个大体的思路或理解，这样才能启发读者的思考。

名著知识要点

作者及年代	【英】弗兰西斯·培根（1561~1626），代表作有《培根随笔》《学术的进步》《新工具》。
地位与影响	1597年，培根发表了他的处女作《培根随笔》。他在书中将自己对社会的认识和思考，以及对人生的理解，浓缩成许多富有哲理的名言警句，受到广大读者的欢迎。《培根随笔》最能体现培根的写作风格：文笔优美、语言凝练、寓意深刻。这本书中的文章从各种角度论述了他对人与社会、人与自己、人与自然的关系的许多独到而精辟的见解，使许许多多人从这本书中获得熏陶与指导。它是英国随笔文学的开山之作，是这一流派的典范，并被誉为英语散文发展的重要里程碑。他所运用的一些新鲜词汇还进入了英国文学传统。《培根随笔》在世界文学史上也有着崇高的地位。
作家作品评价	培根是杰出的哲学家、科学家及散文家。他通过持之以恒地用科学方法思考，及依靠观察而非权威学说获取知识的态度，成为现代科学的奠基人。他推崇科学、发展科学的进步思想，并提出崇尚知识的进步口号，一直推动着社会的进步。这位一生追求真理的思想家，被马克思称为“英国唯物主义和整个现代实验科学的真正始祖”。

续表

内容概要	《培根随笔》是由一篇一篇的小论文组成的一本随笔集，每篇文章都短小精悍，表达出作者深刻的思考，同时也表现出作者不同的侧面。从《论真理》《论死亡》等篇章中，可以看到一个热爱哲学的培根；从《论法官》《论野心》等篇章中，可以看到一个热衷于政治，深谙官场运作的培根；从《论爱情》《论友谊》《论婚姻》等篇章中，可以看到一个富有生活情趣的培根；从《论逆境》《论幸运》《论残疾》等篇章中，可以看到一个自强不息的培根。
文章主旨	从培根的论说文章中，我们可以感受到身处文艺复兴时期（资产阶级上升时期）的培根是如何在封建神学的社会结构和思想体系日趋瓦解之际，致力于探讨并树立科学的信念、规范和道德的。但是，培根的局限性也是很明显的，我们可以看出他的世界观还具有朴素唯物论和形而上学的特点。
主要艺术特色	积极向上的人生观。 淡泊宁静的处世态度。 凝练思辨的语言风格。 复杂多变的论述技巧。
精彩片段	《论真理》 《论读书》 《论幸运》 《论财富》
经典语句	1. 读史使人明智，读诗使人聪慧，数学使人周密，科学使人深刻。 2. 真理犹如珍珠，它在日光下最澄澈。 3. 突如其来的幸运会让人变得投机、狂妄，而来之不易的幸运才会造就真正的人才。

阅读达标测试

一、填空题

1.《培根随笔》是英国17世纪著名________、_________、_________、__________、_________，_________所著。

2.本书分为：《论真理》、______、_______、________、_______、_______、_______等多篇随笔。

3.培根被马克思称之为“____”。

4. 培根最重要的成就就是他在_______和________领域内的建树。

5.他还倡导通过_______________________揭示自然的奥秘。

6.他的文章内容涉及______、______、______等，其中多数与_________密切相关，比较集中地表达了作者的________。

7.从培根的散文中，我们可以感受到________时期的思想者——培根是其中之一——如何在______的社会结构和思想体系日趋瓦解之际，致力于探讨并树立_____的信念、规范和道德。

8.培根的局限性也是很明显的，我们可以看出他的世界观具有______和______的特点 。

9.培根的散文，为我们留下了许多关于知识、人生的至理名言，对我们有多方面的启发。如“__________________”等。

二、问答题

1.《培根随笔》的主要艺术特点和思想成就是什么？

____

____

____

2. 在本书中任意选一篇文章，谈谈它的文章主旨和艺术特色。

____

____

____

三、写作题

请写一篇《培根随笔》的读后感，字数500字左右。

参考答案

一、填空题

1.政治家、科学家、散文作家、思想家、经验主义哲学家，弗兰西斯·培根

2.《论美》《论善》《论嫉妒》《论健康》《论家庭》《论友谊》

3.英国唯物主义和整个现代实验科学的真正始祖

4. 哲学　文学

5.经验归纳法

6.政治、经济、宗教、爱情、婚姻、友谊、艺术，（任选三个即可）教育和伦理　实践科学方法观以实验定性和归纳为主

7.文艺复兴　封建神学　科学

8.朴素唯物论　形而上学

9.知识就是力量

二、问答题

1.答：（1）《培根随笔》中的很多文章关注现实，其中议论

官场生涯的篇章和探讨修身持家的文字，都得力于他深入的观察和亲身的体验。他力图以不带先入之见的“客观”态度来审视和考察各种现象和行为，很少从传统的宗教道德观念出发，简单化地评判是非。

（2）从培根的散文中我们可以感受到文艺复兴时期的思想者是如何在旧的社会结构和思想体系日趋瓦解之际，致力于探讨并树立新的信念、规范和道德。

2.答：《培根随笔》中的《论美》。这是一篇论美的文章，作者主要阐述了“美德比美貌更重要”的道理。短文笔墨不多，但却十分精彩，说理透彻，且语言优美。它在培根的随笔中颇有代表性，集中体现了培根善于用诗化的语言阐述精辟的哲理的特点。

三、写作题

范文

读《培根随笔》有感

《培根随笔》为英国17世纪著名思想家、政治家和经验主义哲学家弗兰西斯·培根所著。本书分为《论美》《论善》《论真理》《论健康》《论家庭》《论友谊》等多篇随笔。在《论求知》中，培根说道：“人的天性犹如野生的花草，求知学习好比修剪移栽。”可见求知可以改变人的命运，在我们的一生中是相当重要的。在《论友谊》中，培根说道：“把快乐告诉朋友，快乐就会加倍；把忧伤告诉朋友，忧伤就会减半。”这说明了朋友是我们身边必不可少的一个角色，可以为我们的生活增添色彩。

在这数十篇随笔中，给我印象最深的是《论美》。这是一篇关于“美”的经典之作，语言简洁，内涵深刻，充满哲理。“美”本身是个很广泛的话题，本文着重论述人应该怎样对待外在美和内在美的问题。世界上没有一个人是十全十美的，所以，不要抱怨自己外在的缺陷，只有内在的美才是永恒的美。美德重于美貌，把美的形貌与美的德行结合起来，美才能真正发出光辉。文中有这样一句话：“就形貌而言，自然之美要胜于粉饰之美，而优雅行为之美又胜于单纯仪容之美。最高的美是画家所无法表现的，因为它是难于直观的。这是一种奇妙的美。”形体是一个人的整体形象，体形、颜色指五官相貌，主要是脸部，是片面的。而行为之美，指举手投足的动作神态，是后天的，是内在美的折射表现，在三者中最高。如今，有些人只注重外表的美丽，而忽略了内在，他们虽然具有美貌，却由于缺乏优美的修养而不配得到赞美，所以一个打扮并不华贵却端庄严肃而有美德的人是令人肃然起敬的。

因此，把美的形貌与美的德行结合起来吧！只有这样，美才会绽放出真正的光辉。